The stories of the Kosoado woods.

岡田 淳

理論社

ポットさん　トマトさん

はたらきものの夫婦。湯わかしの家にすんでいる。ふたりとも、ひとが集まったり、おしゃべりしたり、食べたりするのが好きで、家には大きなテーブルもある。だから森のひとたちは、なにかあるたびに湯わかしの家にやってくることになる。

スミレさん　ギーコさん

ふたりは姉と弟。丘のふもとのガラスびんの家にすんでいる。スミレさんは詩やハーブにかこまれてしずかにすごすのが好き。だからというわけでもないだろうが、ギーコさんは口数がすくない。ギーコさんは大工しごとが好き。

トワイエさん

作家。木の上の屋根裏部屋にすんでいる。これは嵐でどこかからとんできたものに、ギーコさんが階段をつけてくれた。物語をうまく考えられないときは、散歩をする。

ふたご

湖の巻貝の家にすんでいる。ふたりのくらしは、あそびとお茶とおかしばかりのようにみえる。自分たちの名前さえ、気分にあわせて変えてしまう。ヨットをあやつるのはじょうず。

スキッパー

ウニをのせた船のような形の家はウニマルとよばれている。博物学者のバーバさんといっしょにすんでいるが、バーバさんはよく旅に出るので、ほとんどひとりぐらし。

もくじ

1 トワイエさんは
森のなかで、スキッパーを見つける……7

2 スキッパーはさぐってみる……25

3 スキッパーはだれかがよぶ声を聞く……48

4 ギーコさんは
おなかをすかせてもどってくる……61

5 おとなたちはさがしはじめる……79

6　スミレさんはもういちど
ショールを編む決心をする……98

7　だれもが夢みごこちになる？……116

8　トワイエさんは左足首がいたい……135

9　トマトさんは
アップルパイと紅茶に手をのばす……159

10　それからあとのこと……176

絵・岡田 淳

1　トワイエさんは森のなかで、スキッパーを見つける

森の木々の枝は若い葉をつけています。地面に残っていた雪もとけました。もうすっかり春――、だれもがそう思っていました。

ところが、きゅうに寒い風が吹きだしました。きのうからです。また冬にもどってしまったみたい――、だれもがそう思いました。


トワイエさんは、あごをマフラーにうずめて、昼すぎの森を歩いていました。

マフラーが風にあおられます。強くなったり弱くなったりする風が、木のあいだをすりぬけてやってくるのです。

――この風が、どうも、なあ……。

トワイエさんはマフラーのなかでつぶやきました。

葉と葉のこすれあう音が、ざあっ、ざわざわ、ざあっと、波のようにふってきます。

見あげると、風の息にあわせて、枝がたわみ、しなやかな葉がうらがえり、ちぎれそうにひっぱられてはもどります。枝だけではありません。幹だってゆれています。

この、幹のゆれるのがいけないのです。

トワイエさんの家は、木の上にあります。嵐でどこかから屋根裏部屋が飛んできて、木の上にひっかかったのを、家にしました。

屋根裏部屋がひっかかってもだいじょうぶなくらいですから、とても大きな木です。ちょっとやそっとの風では家はゆれません。でも、きのうから吹いている風は、風のむきや強さがさだまらず、そのせいでしょうか、大きな木の幹が、つまり家がゆれるのです。本棚の本が落ちてくるというほどではありません。けれど、つってあるランプはゆれます。からだにも、感じます。

はじめは気になりませんでした。船に乗っているみたいで、ゆかいでした。でもそれは、作家の仕事がうまくいっていたからです。仕事がいきづまったとたんに、家のゆれが気になりはじめました。気になりだすと、もう物語にこころを集中できません。それで、散歩をしていたのです。

――おや？

トワイエさんが足を止めたのは、スキッパーとバーバさんがすむウニマルの、すこし手前のところでした。

スキッパーが、なんだかいつもとちがう感じで立っています。横顔をこちらに見せていますが、なにかを見ているようにも見えません。髪を風になびかせたまま、ぼうっとしているのです。

——どうしたんだろう。

声をかけてみることにしました。

「スキッパー?」

小さな声でよびかけたつもりでしたが、スキッパーはびくっとしました。

「ああ、ごめんなさい。その、おどろかせるつもりは、ええ、なかったのです……。いつもとちがうようすで立っていたので、んん、どうしたのかなと、そう、声をかけてしまいました」

おどろいたせいか、おどろいたのがはずかしかったせいか、スキッパーは、ほお

を赤くしました。

トワイエさんはスキッパーをのぞきこむようにしてたずねました。

「なにか、ぐあいがわるいとか、そういうことでは、ないのですか?」

スキッパーはぶるぶると首をふりました。

「じゃあ……?」

スキッパーは、ほおを赤くしたままこたえました。

「ぼく……、声を聞いていたんです」

トワイエさんは聞き返しました。

「声を聞いていた? そう、いったんですか?」

スキッパーはうなずき、トワイエさんは首をかしげました。

「声……、だれの?」

「だれだか、わかりません……」

「風の音のことを、いっているのですか?」

「ぼくもはじめは風の音かなと……。でも」

スキッパーは、たしかめるように

森の奥のほうに顔をむけました。

「声です」

「その声、いまも、その、

聞こえているのですか？」

トワイエさんがささやき声でたずねると、

スキッパーは、そっとうなずきました。

トワイエさんも耳をすましてみました。

風の音しか聞こえません。

「どんな声、です……？」

「おとなの、女のひとの……」

「おとなの、女のひと？　トマトさんか、

「スミレさん……？」

ちがうと思う、とスキッパーは小さく首をふりました。

トワイエさんは、風の音のなかから、いっしょうけんめいに女のひとの声を聞きとろうとしました。葉のすれあう音、こずえが風をきる音、葉や枝が飛ばされ幹や地面にあたる音、そんな音がちょっととぎれると聞こえる遠くの風の音……、だけです。

「なんて、いっているのですか？」

「いっているんじゃなく、歌っているんです」

「歌って？」

トワイエさんは、こんどは女のひとの歌声を、風の音のなかにさがしてみました。それらしいものも、聞こえません。

「どんな歌ですか？」

「かすかに聞こえるんです。なんの歌か、なんて歌っているのか、わかりません。

でも、どういえばいいのかな……。やさしい声で……、高くなったり低くなったり……、その、もっと聞いていたい、もっとはっきりと聞きたいって感じで……。きのうから、この場所に立つと、かならず聞こえるんです。ずっと歌っているみたいです……」

きのうからずっと歌っている？　それなら、トマトさんやスミレさんのはずがないなとトワイエさんは思いました。それにしても、きのうからずっと？　どこのだれが……。

スキッパーは続けました。

「ふしぎなんですけど、この場所で、あちらをむいていると聞こえるんです。でも、ここから、一歩でも動くと、もう聞こえなくなる……」

スキッパーは、まるで夢でも見ているようにそこまでいって、はっとトワイエさんを見ました。トワイエさんには聞こえていないということに、いま初めて気づいたのです。

「あ、この場所(ばしょ)で、いまぼくが見ていたほう、あの白い岩が地面(じめん)から出ているあたりに、顔をむけてみてください」

トワイエさんはスキッパーが立っていた場所(ばしょ)に立ち、白い岩のほうに顔をむけました。息(いき)をとめて耳をすまして、女のひとの歌声を聞きとろうとしました。

……だめです。風の音しか聞こえません。

トワイエさんは残念(ざんねん)そうに、首をふりました。

「ぼくには、その、聞こえないようですね」

「そうだ！　ぼくと同じ背(せ)の高さになってみたら……」

やってみました。しばらくがんばってみましたが、だめでした。

「スキッパーは、そう、特別に耳がいいから、聞こえるのでしょうね」

そうです。スキッパーは特別よく聞こえる耳を持っていました。ほかのひとには聞こえない小さな音でも聞こえるのです。けれど、そういいながらトワイエさんは、もしかするとその歌声は、スキッパーのこころのなかで聞こえているのではないだろうか、と思いました。なにしろ〝きのうからずっと歌っている〟だなんていうのです。

トワイエさんはすこし考えてからいいました。

「もしよければ、ぼくの家に、お茶をのみにきませんか? いや、それがですね、この風で、そう、木の上の屋根裏部屋が、ゆれるのですよ。船に乗っているような気分になるので、ええ、ゆかい、といえばゆかいです」

そういうわけでスキッパーは、木の上の屋根裏部屋で、お茶をのむことになりました。

「ほら、ゆれているでしょう」

トワイエさんはお茶のよういをしながら、スキッパーにいいました。

「ずっと、というわけでもないのですけどね。んん、しょっちゅうむきの変わるめずらしい風でしょう。で、あるむきの風のあとに、ですね、べつのあるむきの風が吹くと、ええ、ゆれるのではないかと、思うのですよ」

お茶の葉をいれたポットにお湯をそそぐと、いい香りがひろがりました。

「そうそう、このお茶は、スミレさんからもらったハーブのお茶で、これをのむと、気分が、うん、やすまるのだそうです」

そして、仕事をする机の上につみあげられていた、本やメモの紙や原稿用紙のたばなどを、ベッドの上にうつすと、カップをおきました。

お茶のゆげで眼鏡をくもらせながら、トワイエさんはたずねました。

「ここでお茶をのむよりも、んん、ずっと歌声を、その、聞いていたかったのでは

ないですか？」

「いえ、そんな……」

と、首をふるスキッパーを見て、ほんとうは歌声を聞いていたかったのじゃないかなと、トワイエさんは思いました。

スキッパーは部屋のなかや木の葉がゆれる窓を見て、いいました。

「こんなにゆれるんですね……。それに、風の、葉の音が、家のまわりじゅうで聞こえて……」

「そうでしょう」

ほほえんでうなずいたトワイエさんは、この季節の葉の音はとてもやわらかく聞こえるとか、ほんとうのところをいうと、家がゆれるのが気になって、仕事が進まないとか、話しました。

そしてそのあと、本棚から一冊の本をとりだしました。

「あの、ですね。ぼくがスキッパーをお茶にさそったのは、その、すこし気になることが、ええ、あって、お話ししておくほうがいいと、まあ、思ったわけです。バーバさんもいないことですし……」

バーバさんはスキッパーといっしょにくらしている博物学者のおばさんです。いまは東の国へ旅行中です。なんでも夢の研究をしている学者さんたちと会うのだそうです。

トワイエさんは、スキッパーのほうに本の表紙をむけました。『海や川の伝説』という題名の本です。

「歌声にさそわれる話が、んん、この本に、ふたつのっています」

スキッパーはなんのことだろうというふうに、首をかしげました。

「ひとつは海で、もうひとつは川です。どちらも、

そう、美しい歌声が聞こえてきて、それを聞いたひとは、こころをうばわれて、ひきよせられてしまう。歌のほうへ、船をよせてしまうのですね。そして、その、ん、ん、いのちを落としてしまうという話なのです」

あ、とスキッパーは口をあけました。トワイエさんがなにを気にしているか、わかったのです。

「歌っているのは、海のほうは、顔がヒトで、からだが鳥です。川のほうは女のひとのようですが、もちろんふつうのヒトではないでしょう。いや、スキッパーに聞こえる歌声がそれと同じだと、その、いっているわけではもちろんありません。とはいえ、ですね、んん、そんな話もあると、しっていたほうがいいかな、と……。気をつけるにこしたことは、ええ、ないですからね」

トワイエさんは本をひらき、さがしているページを見つけました。

さしだされた本を手にとって、スキッパーはそのページを読みました。

そのあいだ、トワイエさんはお茶をのんだり、窓のそとのゆれる葉をながめたりしていました。

　スキッパーが読み終えると、

「そう、ちょっと心配になった、というか、その、ですね……」

などといいながら、トワイエさんはもういっぱいお茶をすすめました。

「いえ、もう……」

　スキッパーは帰ることにしました。

　ドアを出るとき、もういちどトワイエさんはいいました。

「よけいなおせっかいを、んん、いっているのかもしれませんが、その、気をつけてくださいね。その、こころをうばわれたりしないように」

「こころを……。ええ、気をつけます。ありがとうございました」

　スキッパーは頭をさげて、らせん階段をおりていきました。寒い風が髪を右へ左へなぶります。

　トワイエさんはドアの前でそのうしろ姿を見送りました。そしてつぶやきました。

「ぼくは、その、よけいなことをしたのだろうか」

2 スキッパーはさぐってみる

森の小道を風に吹かれて歩きながら、スキッパーは屋根裏部屋でのことを思いだし、首をひねりました。気をつけます、とこたえはしましたが、

——トワイエさんたら、へんなことを心配するなあ。

と、思っていたからです。

——だって『海や川の伝説』の歌声とぼくが聞いている歌声は、ぜんぜんちがうのに……。

あちらは聞いてしまうと逃げられなくなると本に書いてありました。船の帆柱にからだをしばりつけたり、耳にロウで栓をしたりしなければのがれられない、というのです。ところがスキッパーに聞こえる歌声は、いつだって聞くのをやめることができます。

——さっきだって、歌声を聞いていたのに、それをやめてトワイエさんのところに行ったんだから。

それなのに、こころをうばわれるとか、いのちを落とすとか、心配してくれてい

るのです。

――歌声のほうへ行きたくても、行けないのに……。

なにしろその場所でしか聞こえません。その場所でかすかな歌声を聞きとるのがせいいっぱいなのです。

――聞こえるほうへ行ってしまう、だなんて……。

そう思ったとき、スキッパーの足が止まりました。

とつぜんひらめいたのです。

――もっとはっきり聞こえる、べつの場所があるかもしれない！

すこしずれると聞こえなくなるので、そこでしか聞こえないと思いこんでいました。でも、さがせば、ほかにも聞こえる場所があるかもしれません。

もっとはっきり聞こえる場所が、あるかもしれないのです。

空を見あげました。暗くなるには、まだすこし間がありそうです。

――もういちど行ってみよう！

スキッパーはかけだしました。

走ってきたので息がはずみます。

場所はまちがえることはありません。きのうから、なんどもここに立っているのです。森の奥の白い岩のほうに顔をむけ、はずむ息をころして、耳をすましました。

――聞こえるかな……

ほんとうにかすかな音です。風の音をかきわけるように、声をさがします。

――聞こえた！

ほっとしました。いったん聞こえると、じっとしていればずっと聞こえます。

聞いていると、なぜかふしぎな気持ちになります。寒い風のなかなのに、胸の奥があたたかくなるのです。

でもいまは、ほかに聞こえる場所がないかさがすときです。まず、あの白い岩のほうにむかって、すこしずつ進むことにしました。そちらに顔をむけているときに聞こえるのですから。

ゆっくり足をふみだして、そうっと前に進みました。半歩ほど移動すると、もう聞こえなくなりました。白い岩まで、ゆっくりゆっくり、耳をすまして進みました。でも、風の音しか聞こえません。

——このやりかたじゃだめだ。

もとの場所にもどりました。そしてこんどはそこを中心に、円をえがくように歩きながら、いろんな方向に耳をむけてみることにしました。

円はだんだん大きくなり、いつも通る道から、森のなかにはいっていきました。森のなかにはいると、木やしげみがあるので、きちんと円をえがくわけにはいきません。どうしても、歩けるところだけを歩く、ということになります。それでもしんぼうづよくさがしていると、とつぜん歌声が聞こえました。それは、最初の場所からまっすぐに歩けば、二十歩くらいはなれたところでした。

「やったあ！」

思わず声がでました。

気のせいか、最初の場所よりはっきり聞こえるようです。あいかわらずなんと歌っているのかわかりません。でも、ずっと前に聞いたことがあるような、ふしぎな気持ちになる歌声です。

つぎはそこを中心にして、べつの聞こえる場所をさがしはじめます。こんどは三十歩

くらいはなれたところで聞こえました。
そのつぎは十歩ほどで聞こえました。
歌声はまちがいなくはっきりしてきて、
いまでは聞こえる場所ならどちらを
むいていても聞こえます。

・・・・ディードゥーヴィディー・・・・

と、歌っているように聞こえます。
スキッパーのしらないことばかもしれません。
同じようにして、いくつめかの場所を
見つけたとき、ちがう音がかすかにまじって
いることに気づきました。

いままで聞こえていた歌声にかさなって、
間をおいたリズムのようなものが

聞こえはじめたのです。

・・・・ズン・・・・

と聞こえて、しばらく間をおいて、

・・・・ズン・・・・

と聞こえます。

——最初は、こんな音は聞こえなかった。

新しい音の発見にわくわくしながら、最初の場所をふりかえりました。どきっとしました。

最初の場所が、わかりません。

いま自分が歩いてきた方向は、わかります。けれどその方向は、さっき歌声が聞こえたところからまっすぐに歩いたわけではありません。歩けるところを、歩きました。

——え……!?

きゅうに風の音と冷たさを感じました。ごくんと、つばをのみこみました。

――どうしよう……!?

つぎの場所、つぎの場所と進んできて、もどりかたがわからなくなってしまったのです。

いろんなことが頭にうかびました。

歌声にひきよせられて、いのちを落としてしまう、というトワイエさんの話。

夜の森、雪の森には、はいってはいけない、昼間の森でも、もどれないところ、しらないところには、はいってはいけないよ、というバーバさんのことば。

くちびるをかみながら、スキッパーは自分にいいきかせました。

――あわてちゃいけない……。

大きく息をついて、あたりを見まわしてみました。いつのまにか空が暗くなりかけているのに気づいて、もういちどどきっとしました。暗くならないうちに、道を見つけなければいけません。

——あわてちゃいけない……。

胸がどきどきしてきます。もう歌声は聞こえません。風の音ばかりがざあざあと大きく聞こえます。

とつぜん、足元の草に気がつきました。歩いてふみつけた草がたおれているのです。

——助かった、かもしれない……。

スキッパーは、つめていた息をはきだしました。

あちらこちらと、歩けるところを歩いたので、ひとすじの道にはなっていません。けれど、たおれた草があるところだけを歩いて行けば、いつかはもとの道に出られるはずです。

草のようすをたしかめながら、歩きはじめました。

空の明るさを気にしながら、いっしょうけんめいに、たおれた草をたどりました。

見おぼえのある岩や、黄色い花を見つけたときは、ああ、ここだここだと、ほっとしました。

ようやくもとの道に出てふりかえると、もう森の奥はまっ暗で、夜の闇がはじまっていました。

ウニマルにもどりランプに灯をつけると、スキッパーはまずごくごくと水をのみ、それからいすにすわりこんでしまいました。

――どうすればいい？

自分にたずねてみました。

あの歌声をもっと追いかけるのか、もうほうっておくのか、ということです。

たまたまスキッパーを見かけたトワイエさんがしてくれた話も、森のなかで迷ってしまったのも、あの歌声に深入りするなという、なにかのしらせのような気がします。

でもあれはいったいだれが歌っているのでしょう。伴奏のリズムまでついているようなのです。

なにかにこまったとき、スキッパーはあることばを胸のなかでつぶやいてみるこ

とがあります。このときも、そうしてみました。

——バーバさんなら、どうするだろう。

なんといってもバーバさんは博物学者です。

こんなふしぎな歌声を聞いたとなると、

ほうっておくはずがありません。

——バーバさんなら

スキッパーはうなずきました。

——あきらめないな。

ということは、森のなかを迷わずに行く方法を思いつかなくてはいけない、ということです。

そこまで考えて、はっとひらめいたことがありました。

つぎの日、缶づめの赤カブのスープをあたため、クラッカーをそえた朝食をすま

せると、最初に歌声が聞こえた場所にやってきました。

あいかわらず冷たい風が、強くなったり弱くなったりしながら吹いています。風の音のなかに、かすかな歌声。だいじょうぶです、きょうも聞こえます。

スキッパーはポケットから赤いリボンをとりだして、すぐ横にある木の枝にむすびつけました。

この〝リボンをむすぶ〟というのが、ひらめいたことだったのです。

バーバさんは、いろんな色のリボンのたばを持っています。つかいみちをたずねると、「なにかを分けておく目じるしにつかうんだけど、迷いそうな道を歩くときの、目じるしとしてもつかえるね」と、こたえてくれたことがあったのです。

スキッパーは赤いリボンのたばをつかうことにしました。この季節の森には、黄色や白の花はさいていても、赤い花は見かけないからです。

つぎの聞こえる場所まで行くと、そこでも近くの枝にリボンをむすびました。それから、ふりかえりました。

——うーん。

最初のリボンは見えるには見えますが、すこし遠いようです。そこで、中間のあたりにもうひとつむすびました。そこからはどちらのリボンもよく見えます。

——これで、よし。

赤いリボンをたどって、もとの道にもどれるようにするのです。

こうして、ふりかえり、ふりかえり、リボンをたしかめながら、そしてリボンをむすびながら進みました。

きのうたどりついた場所までは、きのうよりずっとはやく行けました。

ところがそこから先がてまどりました。昼までかかって、やっとふたつの場所が見つかっただけです。でも歌声が聞こえたときには、てまどったぶん、よろこびも大きいように思えました。

しかもうれしいことに、歌声はすこしずつはっきりと聞こえてくるようなのです。ということは、歌っているひとにすこしずつ近づいている、ということです。

場所を見つけるたびに、しばらく歌声に耳をかたむけました。

・・・ズン・・・ズン・・・

という音にのって

・・・ヴィディーボーヴァー・・・

などと聞こえます。

もしかすると歌詞に意味はないのかもしれません。

じっと聞いていると、とつぜんこころのなかに、

おだやかに燃えている火がうかびました。

いったん昼食を食べに、ウニマルにもどりました。

ホットケーキを焼く時間がおしくて、昼もクラッカーです。

缶づめはチキンと野菜のスープにしました。

午後は、うってかわって快調に進みました。

とんとんびょうしに、ふたつ、みっつと聞こえる場所が見つかりました。

歌っているのは、ひとりではないようだ、と思えてきました。いくつかの声が重なっているように聞こえるのです。

リズムのような音もずいぶんはっきりしてきました。

・・・・ズウン・・・・ボウン・・・・ズウン・・・・ボウン・・・・

というふうに聞こえます。

よっつめの場所では、歌声とリズムだけではなく、

・・・・パウン・・・・ポポロン・・・・

と、かわいい音がはいってきました。

——そうか、何人もで、演奏しているんだ。

と、スキッパーはこころのなかでつぶやきました。

それにしても、いったいだれがこんな森のなかで演奏しているというのでしょう。

それも、おとといからずっとなのです。

——お祭りかもしれない。

何日も音楽やおどりを続けるお祭りのことを、本で読んだことがあります。一年にいちどとか、何年かにいちど、そういうお祭りがあるのだそうです。きっとそれだ、とスキッパーは思いました。

いつつめの場所では、いよいよお祭りだと思いました。たくさんのひとのざわめきが聞こえはじめたのです。もしかすると、男のひとたちの歌声かもしれません。そこからあとは、スキッパーの耳にはずっと聞こえる音になりました。歌声が聞こえてくるほうへ進めばよくなったのです。うれしくて、もうすこしで赤いリボンをむすぶのをわすれてしまうところでした。

ところがしばらく進んだところで、スキッパーは立ち止まりました。

――あれ？

崖につきあたってしまいました。切り立った崖が、冬でも葉をつけているツタにびっしりとおおわれています。歌声と演奏は、ふしぎなことにその崖のなかから、いよいよくっきりと聞こえてくるのです。

・・・・ボーディヴァー・・・・ヴィディボー・・・・
かすれているようで、澄みきっているようで、ほほえみたくなるようで、泣きたくなるような、ふしぎな歌声です。からだにしみこんで、とおりぬけていくみたいです。

スキッパーは暖炉の前にいるような気がします。だれかといっしょです。火が燃えています。どこの暖炉だろう……、だれといるんだろう……。

――もっと近くで聞ければわかるかなあ。
・・・・ズウン・・・・ボウン・・・・ピポロン・・・・パウン・・・・
・・・・ドゥーヴィイヴァディー・・・・
――どうしてぼくはこんなところで、遠い歌声を聞いているんだろう……

ほんとうは歌っているひとたちと親しいのに、ここにいることに気づいてもらえない、ひとりとりのこされている、そういう感じがふいにしました。

「どこー? どこで歌っているのー?」

おもわず大声で、崖にむかってさけんでいました。

ふだんのスキッパーならそんなことはしません。けれど音楽で気持ちが高ぶっていたのです。

そのとたん、歌声が消えて、静かになりました。

――どうしたんだろう！　声を出してはいけなかったのかな!?

スキッパーはからだをかたくしました。

するととつぜん、わあっと霧が崖から流れだしました。それといっしょに、もっとはっきり聞こえる音楽も、おしよせてきました。
・・・・ヴァディードゥー、ズウン・・・・
――崖のなかから……？

ツタの葉が重なり合っているそのすきまから、音楽といっしょに、霧が、吹く風にゆれながら、つぎからつぎに湧きだしてきます。どうやらツタの葉のかげには大きな穴があいているようでした。あっというまに、あたりは真っ白になりました。

まわりが霧でおおわれ、崖や木や草が見えなくなり、ただ白っぽい光だけの世界になると、もう夢のなかにいるようでした。スキッパーは音楽のほうへ、ひかれるように、一歩ふみだしました。

——あっ！

そのとたん、足が、つるりとすべりました。

バランスを失い、つかんだツタの葉がちぎれ、しりもちをつき、ツタのしげみをすりぬけると、スキッパーはつるつるした坂道を、いっきにすべり落ちていきました。

3　スキッパーはだれかがよぶ声を聞く

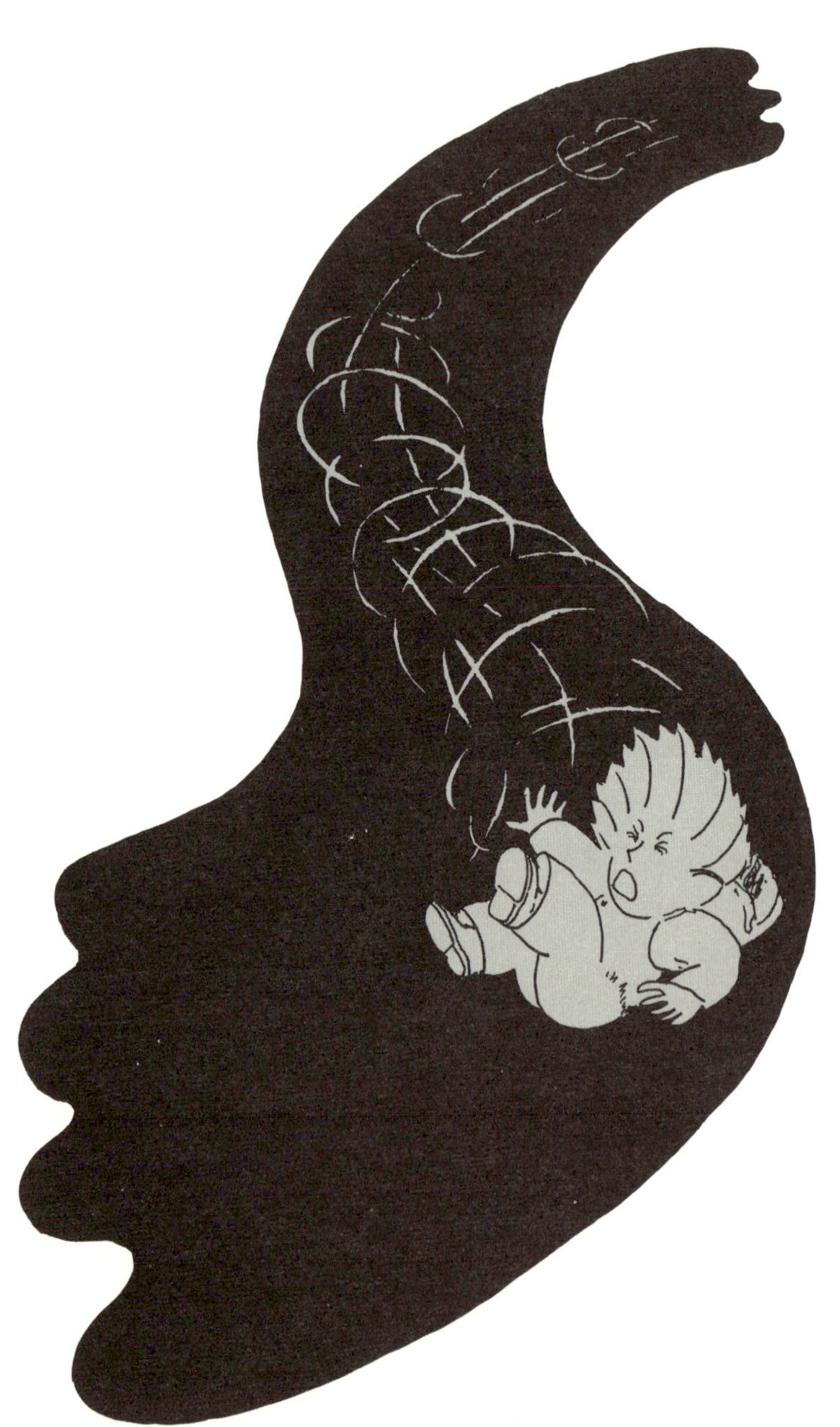

——うわぁぁぁぁぁ……!!

すべりながら、右へ左へとまわったような気がします。からだをかたくして、目をぎゅっととじていると、とつぜん、すごい音につつまれ、たいらなところにすべり出て、止まりました。目をあけるとまっ暗です。あたたかい空気が、鳴り響く音でふるえています。圧倒的な音です。どこもかしこも音です。からだのなかまで響いてきます。

手をのばしてみました。つるつるした床のほかに、さわれるものはありません。上半身だけ、ゆっくりとおきあがってみました。さいわい、けがはしていません。大きく渦まくように鳴り響く音の感じは、ずいぶん広いところのようです。

——たいへんなことになった……

とは思うのですが、落ち着いて考えることができません。胸がどきどきします。それが、こんなところにすべり落ちてきたせいなのか、音にかこまれているせいなのか、それさえもわかりません。

・・・・ヴィーディドゥーヴァーディー・・・・

高く低く渦をまいて流れる、すごい音量の歌声が、からだにしみこんできます。

・・・・バウン・・・・ボウン・・・・

低いリズムが響くたびに空気がふるえ、スキッパーの胸のあたりがふるえます。

そしてこのリズムをささえるように、

・・・・ゴブゼブゴブゼブゴブゼブ・・・・ザワジュワザワジュワザワジュワ・・・・

まるで呪文のようなざわめきが、強くなったり弱くなったりします。

そこへ、軽やかに、

・・・・ポウン・・・・ピウン・・・・ピポロン・・・・

と、澄んだ音が波紋を広げるようにかけまわるのです。

スキッパーは特別によく聞こえる耳をもっています。はじめはあまりの音の強さに耳をふさごうとしました。けれど、いまはその強さもここちよく、もう耳だけではなく、からだ全体が音といっしょに響きあっている感じでした。だれが歌っているのか、だれが演奏しているのか、なんのお祭りかなど、考えることすらわすれていました。

いつのまにか、スキッパーは、あたたかい空気につつまれて、大きく燃える炎の前にうかんでいました。火は、すきとおった黄色から、オレンジ色、赤へと色を変え、ところどころで青く燃え、ゆらゆらとゆれています。

空中にうかんだスキッパーの前にも後ろにも、炎はたちのぼっています。でも、

熱くはありません。気持ちのよいあたたかさです。

スキッパー自身も火のようなのです。

炎の形と色は、音楽にあわせてたえず変わりつづけ、

それがいつまでも、いつまでも続きます。

そうするうちに、

――スキッパー……、スキッパー……

と、呼ぶ声が聞こえました。音楽のなかに自分を呼ぶ声がはいっているなんて、いい感じです。

ところが、とつぜん悲鳴が聞こえました。

「きゃぁぁぁあああ！」

悲鳴はどんどん大きくなり、せまってきて、なにかがスキッパーに、

どす!!　どすん!!

と、ぶつかりました。

一瞬のうちに火は消え、スキッパーは暗闇のなかでさけんでいました。

「うわあ！」

「スキッパー？」

「やっぱり、スキッパー？」

おどろいたことに、ふたごの声がかえってきました。

・・・・**ヴィーディードゥー**・・・・

「これっていったい何の音!?」

・・・・**ボーディドゥディー**・・・・

「なにがこんなにうるさいの!?」

・・・・**バウン**・・・・

「あ、いまの、すごくからだに響(ひび)く！」

・・・・**パピロン**・・・・

「あ、いまの、ちょっとかわいい！」

「なんだかザワザワいってる！」

「なんだかゴブゴブいってる！」

「ここって、やかましい！」

「ここって、うるさい！」

しゃべりつづけるふたごに、スキッパーは口をはさみました。

「きみたち、どうやってきたの？」

「なんて大きな音！　スキッパー！　なんていったの!?」

「なんてうるさい音！　スキッパーの声！　よくきこえない！」

スキッパーにはふたごの声が聞こえるのですが、ふたごにはスキッパーの声が聞こえないようです。それにしてもこんなにすてきな音楽をうるさいだなんて、とスキッパーは思いました。でもふたごのほうにむかって、大きな声でいいました。

「どうやって！　ここに！　きたの!?」

「わたしたち！　あ！　わたしのことは！　ツクシって呼んで！」

「わたしのことは！　ワラビって呼んで！」

ふたごのほうは、スキッパーがたのまないのに大声です。

「わたしたち！　森のなかで！　春見つけをしてた！」

「そう！　春見つけ！」

「今年初(ことしはじ)めての花とか！　虫とか！　見つける！」

「そこで！　わたし！　ワラビが！　リボンを見つけた！」

「わたし！　ツクシが！　リボンは春じゃないって！　いった！」

「でも枝(えだ)についてるリボンは！　今年初(ことしはじ)めて見るって！　ワラビがいった！」

「つぎのリボンは！　ツクシが見つけた！」

「いつのまにか！　春見つけが！　リボン見つけになった！」

「リボンをみつけていって！　崖(がけ)まできたとき！　ツクシがいった！　このリボンは！　だれがつけたのだろう！」

「そんなことをするのは！　スキッパー！」

「だから！　呼(よ)んでみた！」

「スキッパー！　スキッパーって！」

「すると崖(がけ)から！　わっと霧(きり)が！　出てきた！」

「霧といっしょに！　音も！　聞こえてきた！」

「霧のなかで！　迷子にならないように！　わたしたち！　手をつないだ！」

「で！　音のほうに！　一歩ふみだしたら！　ワラビが！　すべった！」

「手をつないでいた！　ツクシも！　すべった！」

「それでわたしたち！　ここまで！　すべってきた！」

「リボン見つけは！　わたし！　ツクシのほうが！　一本多い！」

「ワラビがさきに見つけたのに！　ツクシが枝からとったのが！　一本あるから！

ほんとは引き分け！」

大声をがまんしながら聞いていたスキッパーは、びっくりしました。

「いま、枝からとったって、いった？」

「なにかいった!?　スキッパー!?」

「音がうるさくて！　よく聞こえない！」

スキッパーもさけぶようにいいました。

「リボンを！　枝から！　とったの!?」

「ツクシのほうが！　一本多い！　ほら！」

「ほんとは引き分け！　ほら！」

　暗闇のなかで、ふたごの手がスキッパーの手をさがしあて、リボンのたばをさわらせてくれました。

　わぁ！

とスキッパーは口をあけました。

「もどれなくなっちゃったじゃないか」

「なにかいった!?　スキッパー？」

「音がうるさくて！　よく聞こえない！」

　そこで三人はすこしだまりました。

スキッパーは、リボンの目じるしがだいなしに

なったのでことばが出ませんでした。ふたごのほうは、大声を出すのにすこしつかれてだまったのです。

だまった三人を、音楽がつつみこみました。

「この音、なあに？」

「音というより、音楽みたい」

ふたごがいままで音楽だと思わなかったことが、スキッパーにはおどろきでした。でも、「なあに」とたずねられて、「なんだろう」と思っていたことを思いだしました。

見あげると、目がなれたのか、ずっと上のほうが明るくなっているように見えます。点々とするどく光るものもあります。どうやら広い洞窟のようです。

この洞窟のどこかに、歌っているひとや、演奏しているひと、そしてお祭りにあつまっているひとたちがいるのだろうか。そうだとすると、どうしてこんなに大きな音なんだろう――。

スキッパーがそこまで考えたとき、ワラビかツクシが、ひとりごとのようにいいました。

「音が、からだをとおりぬけていく……」

もうひとりもいいました。

「からだが、音に、とけていく……」

ぼんやりとした声が続きます。

「聞いていると、うっとりする……」

「夢の世界にはいっていくみたい……」

それを聞くとスキッパーは、さっきまで火にかこまれてうかんでいるような気分だったことを思いだしました。いや気分というよりほんとうにうかんでいた……、そう思うと、からだの中心から、ういている感じがよみがえってきます。するともう、どんどん音楽にひきこまれていくのです。

「ねえ、ぼくたち……、もどることを、考えなきゃ……」

ようやくそれだけいえました。けれどふたごからは、

「なにかいった……？　スキッパー……？」

「じゃましないで……、スキッパー……」

という、力のぬけたこたえが返（かえ）ってきました。

4　ギーコさんはおなかをすかせてもどってくる

ギーコさんはときどき、木や動物のようすを観察するために、森のなかを歩くことにしています。

大工の仕事で、枝の形をそのままいかして家具を作ることもあれば、つるでなにかを編むこともあります。そのために、ここにこんな木がある、こんなつるがあると、めぼしをつけておくのです。

動物のほうは、シカやウサギがどのあたりをよく通るのかしっていれば、つかまえようというときに便利です。それに大きな獣がやってこないともかぎりません。用心しておくにこしたことはないのです。そういったことは、地面を見れば、足あとなどでわかります。

きょうギーコさんは、朝食もとらずに森のなかを歩きまわってきました。

なぜ朝食をとらなかったかというと、お姉さんのスミレさんが朝寝坊をしたからです。

スミレさんはときどき朝寝坊をしたくなるのです。

ギーコさんに朝食のしたくができないわけではありません。たいていの日はギーコさんが朝食を用意しています。でもスミレさんの朝寝坊の日は、音をたてて目をさまさないように、そっと家をでて作業小屋へ行ったり、森を歩いたりすることにしていました。

雪がとけて最初の森歩きです。つい遠くまで行ってしまいました。ガラスびんの家にもどってきたのは、

もうお昼ごろです。

おなかをぺこぺこにして、ギーコさんはドアをあけました。

なにかをゆでているにおいがしています。スミレさんがハーブシチューをつくっているのです。

「おかえりなさい、ギーコさん。そとはあいかわらず風が吹いている？」

スミレさんが鍋をかきまぜながら、ギーコさんをふりかえりました。

「ああ」

「シチューはもうすこしでできますからね。それまで、森のようすでも話してちょうだい」

ギーコさんはいすにすわると、

「森の、ようす……？」

と、つぶやきました。つぶやきながら、朝寝坊したあとの姉さんはいつもきげんがいいなと思いました。ふだんのスミレさんなら、そんなことをにこにことたずねたりしないのです。

「森の、ようす……」

　ギーコさんが話を思いつかないので、スミレさんが話しだしました。

「春になったと思っていたら、こんなに冷たい風。
それも強くなったり、弱くなったり。
風むきだっていろいろ。きょうで四日目でしょ。
いつもの年なら、この季節にこんな風は吹かなかった。ほんとにおかしい。
そう思わない？」

　スミレさんのことばで、ギーコさんは思いだしたことがありました。

「ああ、おかしいといえば、へんなところに、

子どもたちの足あとがあったな」

「へんなところって？」

「うん、ウニマルの近くで、道をはずれて森の奥にはいっていく、子どもたちの、スキッパーとふたごだろうけど、足あとがあったんだ」

スミレさんが、手を止めて、ぴんとせすじをのばしました。

「道をはずれて……、森の奥にはいっていく……、子どもたちの足あと……」

ゆっくりとなにかを味わうようにつぶやいてくりかえすと、シチューをかきまぜていたおたまじゃくしを鍋につっこみ、その鍋をストーブの火の弱いところにおきなおし、ふたをしました。そしてギーコさんの前にやってきて、まじめな顔でいいました。

「あたしをそこにつれてって」

――え!?

ギーコさんはスミレさんの顔を見ました。

「ね、姉さん、いま、なんて……？」

スミレさんはもういちど、きっぱりといいました。

「あたしを、そこに、つれてって」

「いま……？」

「いま」

「あの、シチューは……？」

「シチューはまだ味もついていないわ。だいじょうぶ、シチューは逃げない。でもそれは逃げるかもしれない。あたしは、いまそこに行かなくちゃ」

ギーコさんはためいきをつきました。

「姉さんが、子どもたちのことを心配するのはわかるけど……」

子どもたちが森の奥にはいったきりで、もどってこれなくなっているのではないか、スミレさんはそれを心配していると、ギーコさんは思ったのです。

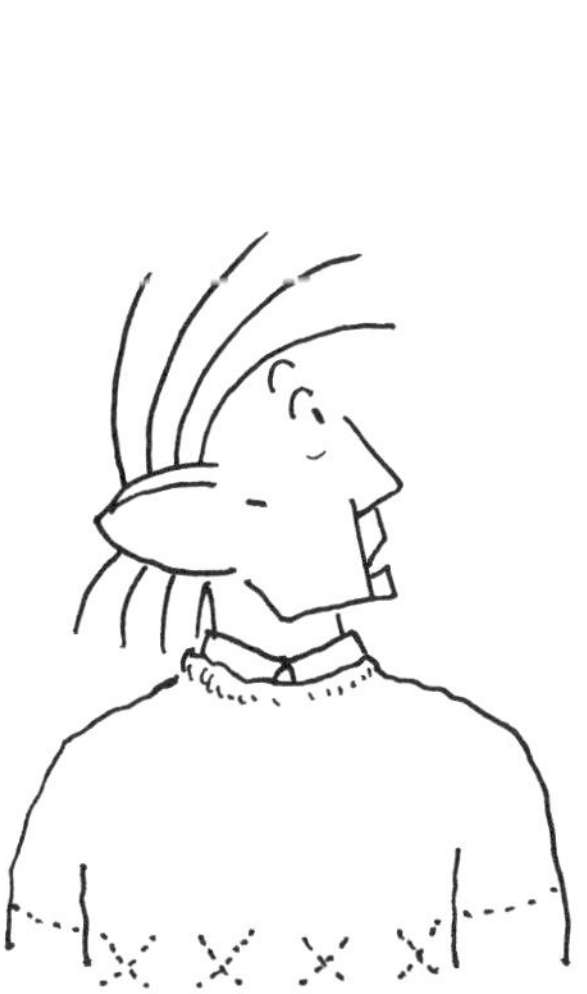

「あたしが子どもたちのことを、心配……？」

スミレさんはすこし考えて、きゅうに思いついたようにいいました。

「そうだわ！　子どもたちのことが心配、でもあるわね」

「でもあるわね？　でもあるわねって、子どもたちのことが心配のほかに、なにかあるの？」

スミレさんは、しんけんな顔でギーコさんを見ました。

「いまギーコさんが心配ってことばをつかったときに、なにか危険のにおいを感じたわ。」

「危険のにおい……？」

ギーコさんは足あとを見たとき、危険のにおいなんて感じませんでした。足あとが森の奥へはいっている、それだけのことでした。べつのところから道に出ればなんということもありません。ただ、いままでふみこまなかったところに、どういうわけではいりこんだのだろうと思ったのが、こころに残ったのです。

けれど、スミレさんはときどきなにかひらめくことがあって、ギーコさんはそのたびにおどろかされてきました。そのスミレさんがいうのです。

「とにかく、胸がさわぐのよ」

子どもたちがなにかの遊びで森のなかにはいっただけ、と思っていました。ところが危険のにおいといわれると、迷子になっているとか、けがをしているとか考えてしまいます。こりゃハーブシチューは食べさせてもらえないな、とギーコさんはためいきをつきました。

「そとは寒いよ、姉さん」

「だいじょうぶ」

スミレさんは、この冬に時間をかけて編み上げた大きな毛糸のショールを、小走りでとってきました。

ガラスびんの家を出て、風に吹かれながらふたりは歩きました。トワイエさんの屋根裏部屋の家の下をすぎ、もうすこしでポットさんとトマトさんがすむ湯わかしの家、というあたりでギーコさんがたずねました。

「危険のにおいって、どんな……？」

ずっと気になっていたのです。

スミレさんはすこし歩いてから、こたえました。

「いますぐどうっていう危険、でもないような気がするわね」

ギーコさんはまゆをよせました。

「じゃあ、おなかをすかせて行くこともないってこと？」

「でも、どういえばいいのかしら、……はやく行かなくちゃ、あたしが取り残されるって感じがするのよ。」

「取り残される？　なにに？」

「なにか、……わくわくすることよ」

ギーコさんは立ち止まって、スミレさんの横顔を見ました。

「ほんとうのところ、姉さんは自分がそこに行きたいから行くんだね？　子どもたちが心配っていうよりも」

「ううん、子どもたちも、危険かも」

「どっちなんだよ。わがままだなあ。ぼくはおなかがすいているんだよ」

「なにか食べていきなさいよ」

湯わかしの家のドアがひらいて、トマトさんが笑いながら出てきました。

ちょうど、湯わかしの家の前だったのです。

「まあ、ギーコさんたら、はずかしい」

と、スミレさんはいいました。ギーコさんも、同じ気持ちでした。

トマトさんのうしろから、ポットさんも出てきました。

「きみたちがつんつんしているなんて、めずらしいじゃないか。ちょうどキャベツの煮込みがあるんだよ。いまトワイエさんにも味を見てもらったところでね。ぜひきみたちにも食べていってもらいたいものだなあ」

そのうしろからトワイエさんがいいました。

「こんにちは、スミレさんにギーコさん。キャベツの煮込み、おいしいですよ」

トマトさんがにっこり笑って、つけくわえました。

「アップルパイもあるわよ。おなかがすくと、きげんがわるくなるわ。さあ、キャベツの煮込みにする？　それともアップルパイがいい？」

スミレさんはすぐにその場所につれていってもらいたかったようですが、ギーコさんといっしょに、キャベツの煮込みをごちそうになることになりました。トマトさんが、つかんだ手をはなしてくれなかったのです。でも食べはじめてみると、スミレさんだっておなかがすいていたことがわかりました。

「ところで、いったいどういうわけで、なにも食べていなかったんだ？」

ポットさんがたずねたので、ふたりは食べながら、ここまでのことを話しました。道からそれて森の奥へ子どもたちの足あとが続いていた、おそらくスキッパーとふたごだろう、というところでトワイエさんは「え?」と顔をあげました。二日前のスキッパーを思いだしたのです。

話を聞いて、ポットさんはうなずきました。

「なるほど。ギーコさんの気持ちはよくわかる」

スミレさんが、あたしの気持ちはどうなの、という目でポットさんを見ましたが、ポットさんはつづけました。

「このあたりにすんでいる子どもたちが、森のなかで迷子になるようなまねはせんだろう、とギーコさんは思うわけだ。しかしほかでもないスミレさんが危険のにおいがするという。こりゃ、ほっとけないってところだな」

「そう、スミレさんは、ほかのひとにわからないことが、ええ、わかることがありますからね」と、うなずいたあとで、トワイエさんはいいました。「でも、よそから、森にやってきた子どもたちの足あと、ということは、その、ないですか？」

「ぼくたちに気づかれないように、森のそとから子どもたちがやってくるのは、まずないと思うな。ギーコさんがそういってるのなら、スキッパーとふたごだろうとぼくも思うね」

ポットさんのことばに、トワイエさんは首をひねりました。

「足あとで、わかりますかねえ」

トマトさんが心配そうな顔でいいました。

「それがスキッパーとふたごであっても、べつの子たちであっても、スミレさんが危険のにおいなんていうんだったら、しらべなきゃいけないわ」

「そうだ」

ポットさんがいすからとびおりました。

「ふたりに食べてもらっているあいだに、スキッパーとふたごが家にいるかどうか、たしかめてこよう。とりあえずってことでね。で、いてもいなくても、そのあと、その場所に行くことにすればいいじゃないか」

「まあ、なんていい考えでしょう！ポットさん、キスして！」

ポットさんは、いすにのぼって、トマトさんのほっぺたにキスしました。

まず、ウニマルに行ったトワイエさんが帰ってきて、スキッパーはいないといいました。

それからしばらくして、湖の島にあるふたごの家に行ったポットさんがもどってきました。

「ふたごもいなかった。でも、それだけじゃないんだ」とポットさんはまゆをよせました。「巻貝の家のなかにはいってみたら、今朝ストーブに火をつけたようすが

ないんだ」

「そういえば！」トワイエさんもいま気づきました。「ウニマルも冷えきっていました。ええ、あれは、朝に火を使った部屋じゃなかったです」

みんなは、顔を見あわせました。

「じゃあ、あの子たち、朝ごはんを食べていないっていうの？」

トマトさんが目をまるくしていいました。

「その、おべんとうを持って出かけた、ということは……」

そういいかけたトワイエさん自身が、こんなに冷たい風が吹くときにピクニックになんて行かないだろう、と思いました。

「とにかく、ギーコさんのいう場所に行ってみよう」

ポットさんが、かたい声でいいました。

「ああ、ちょっと待って」トマトさんは、残りのアップルパイと、いくつかのカップと、大きなポットにいれた紅茶と砂糖をバスケットにつめました。「あの子たち、おなかをすかせているはずだわ」

「さあ、いきましょう」

スミレさんがショールを肩(かた)にかけました。

5　おとなたちはさがしはじめる

冷たい風に吹かれながら、五人は歩いていきました。

遠い風の音や、葉のこすれあうざわざわという音が、これからよくないことがおこるしるしのように、トワイエさんには思えました。

ギーコさんがみんなを案内したのは、〝あの場所〟でした。

「ここなんだ」

「ああ、やっぱり……!」

思わずトワイエさんはつぶやいてしまいました。

ポットさんがトワイエさんをふりかえりました。

「なにが、やっぱりなんだ?」

「いや、それが、ですね……」

トワイエさんは二日前のことを話しました。スキッパーがここでトワイエさんには聞こえない歌声を聞いていたこと、トワイエさんが自分の家で本を見せて、気をつけるように話した、ということです。

「きっとそれね。その歌声にひかれて、森の奥(おく)にはいっていったのね」

スミレさんは大きくうなずきました。が、トマトさんはふんがいしました。

「なんてこと!? せっかくトワイエさんがそんなに気をつけるようにいってあげたのに？ スキッパーったら！ 考えられない！」

ポットさんは、うんうんそうだねとトマトさんにうなずいてから、道のはしの地(じ)面(めん)をのぞきこみました。

「なるほど、足あとはスキッパーだけじゃないな。ふたごの足あともあるようだ」

そうだろう、というふうにギーコさんはうなずきました。

トワイエさんものぞきこみました。いわれてみれば、たしかに折(お)れた草もありますし、その根(ね)のあたりに足あとらしいへこみもあります。でもトリイエさんはついさっき、ウニマルに往復(おうふく)してこの前を二度(ど)も通ったのです。なにも気がつきませんでした。ギーコさんやポットさんはすごいな、と感心(かんしん)しました。

「ふたごの足あともあるってことは、スキッパーが聞いたという歌声を、ふたごも聞いたんだろうか」

ポットさんがつぶやいて、トワイエさんは思いだしました。

「ああ、そうでした。スキッパーがいうには、ええっと、たしか、そう、ここ、この場所に立って、この方向、あの白い岩のほうをむくんです。スキッパーと同じ高さに、しゃがんでみてほしい、とまで、ええ、いっていました。ですから、みなさんも……」

「ちょっと失礼」

スミレさんがトワイエさんを押しのけるようにして、いちばんにやってみました。

「あ！」

スミレさんは、からだをちぢめて、声をあげました。

「女のひとの歌声が、聞こえるかい？」

ポットさんがいきおいこんでたずねました。

スミレさんはゆっくり首をふりました。

「聞こえないけど、こころがゆさぶられたの。なにかあるわね。これだわ……、きっと」

「これだわ……、って？」

トマトさんが、きみわるそうにたずねました。

「あたしが、いえ、スキッパーが、こころをひかれたものよ」

ほかのひともその場所に立ったり、しゃがんだりしてみました。が、なにも聞こえず、こころをゆさぶられることもありませんでした。

「とにかく、足あとをたどってみよう」

ポットさんとギーコさんは、うなずきあいました。

「こんなに、その、草がいっぱいのところで……、たどれるんですか？」

トワイエさんの疑問に、ポットさんはうなずきました。

「まあ、なんとかやってみるよ。春先の草で助かったと思うよ」

そういったあとで、つけくわえました。

「ぼくたちよりも前を歩かないでね。ほかのひとの足あとがつくと、たどれなくなるから」

もっともなことだ、とトワイエさんはうしろにさがりました。

ポットさんとギーコさんを先頭に、五人はゆっくりと森のなかにはいっていきました。

ギーコさんはしょっちゅう胸の高さの枝を折りました。それを、折りとらずにぶらさげておくのです。もどるとき、あるいはつぎに歩くときの目じるしをつくっているのだろうな、
とトワイエさんは思いました。

五人の進む道は、ときどききゅうに折れ曲がりました。

そんなところのひとつで、スミレさんが、

「あ！」

と、立ち止まりました。

「どうかしましたか？」

うしろを歩いていたトワイエさんがたずねました。

「さっきと同じ感じが……」

「その、あれですか？　こころを、ゆさぶられた、っていう……」

トワイエさんがそういうと、スミレさんはゆっくりふりむき、にっと笑ってうなずきました。

どうやらスミレさんは、子どもたちのことをあまり心配してはいないようです。〝こころをひかれるもの〟

のほうに関心があるように見えました。

「ふたごの足あとには、迷いがない」

ギーコさんがつぶやくと、ポットさんが続けました。

「うん、スキッパーのほうがいろんなところを歩いている」

ギーコさんとポットさんは、行ったりもどったりすることも、ときにはありましたが、着実に進んで行きました。

「ねえ」トマトさんがきゅうに思いつきました。「名前を呼んでみたらどうかしら」

「じ、じゃあ、ぼくが、呼んでみましょう」

トワイエさんは大きく息をすいこんで、

「スキッパー」

と、さけびました。返事はありません。風の音だけです。大きな声を出したつもりですが、呼び声が風のたてる葉の音に消されてしまいます。

「わたしが呼んでみようかしら」

トマトさんがいったときに、すばやくポットさんが、

「いっておくけど、トマトさんはその気になると、すごく大きな声を出せるからね」

といって、耳をふさぎました。


「スキッパー」

ふだんのトマトさんからは、まるで想像できない大きな声が、まわりに響きわたりました。トワイエさんとスミレさんとギーコさんは、あまりおどろいたのでよろめいたほどです。その瞬間、風の音さえぴたりと止まったように、トワイエさんは思いました。

「な、すごいだろ」

ポットさんが、じまんするようにみんなを見ました。

「そんなわざ、いままで、かくしていたの？」

スミレさんはあきれ顔でトマトさんを見ました。

「人前では、やらないことにしていたのよ」

「ぼくは、むかし観た、そう、オペラの歌手を、ええ、思いだしましたよ。ふたごのほうも、呼んでみてください。こんどは、覚悟して聞きますから」

トマトさんは大きく息をすいこんで、ちょっと考えて、その息をはきだしました。

「ふたごは、いま、なんて名前なの？」

だれも知りませんでした。

「ころころ名前をかえるから、こんなときに呼んでもらえないんだ」

ポットさんは、ふたごがときどき名前をかえるのをこころよく思っていなかったようです。

「呼んであげるわよ」トマトさんは息をすいこみました。

「ふたごちゃーん」

その声が響きわたったすぐあとのことです。濃い霧が流れてきました。

「うわあ、すごい霧だ」

「いや、これは、そう、ミルクのような霧、といういいかたがありますが、まさしくそれですね」

「なんだかあたたかいわね」

たちまち五人は霧にとじこめられてしまいました。

もうとなりにいるひとも、ぼんやりとしか見えません。

きゅうに、スミレさんが、「あっ」と声をあげました。

「静かにして。……聞こえない？」

霧のなかで、みんなは耳をすましました。

かすかに、歌声のようなものが、聞こえています。

「ああ」

「聞こえる……」

「これだったのか、なぞの声は……」

「なるほど……」

大きな声をだすと歌声が消えてしまうとでもいうように、だれもがささやき声でした。じっとして、耳をすましました。

空中をびっしりうめた霧のつぶが、風にゆれながら、どんどん流れてきます。そして歌声は、
その霧といっしょに聞こえてくるようなのです。

「たしかに……、やさしい声ですね……」

「これって、だれが歌っているの？

どこで歌っているの？」

「ヒト……でしょうか」

「やめてよ、トワイエさん」

トマトさんをこわがらせようと
思ったのではありません。
トワイエさんは『海や川の伝説』を
思いだしていたのです。
とつぜんギーコさんの声が聞こえました。
「姉さん、こんな霧のなかで、
動いちゃいけない」
「だって、むこうから聞こえてくるのよ」
どうやら、スミレさんが音のほうへ行こうとするのを、
ギーコさんが止めているようです。
ポットさんもいいました。
「そうだよ。動いちゃいけない。
スミレさんまでいなくなったら、

いよいよむずかしいことになるからね。

……しかしこまったな。

霧で足あとが読めない。

進むこともどることもできないぞ」

「聞こえている歌声のほうにいくのも
だめなの？」

ポットさんがあきれたようにいいました。

「いつもの冷静なスミレさんに
もどってくれないかなあ。ロープでもなければ、
この霧のなかは動けないよ」

「じゃあ、ロープをとってくれば？」

「だからぁ、そのロープをとりに行くのにも、
ロープがいるんだよ。

とにかくここから動くには、ロープがいるんだ」

霧のために見えませんでしたが、

手をふりまわしてそういっているようなポットさんの声でした。

トワイエさんはスミレさんの気持ちがよくわかりました。

うっとりとするようで、聞き取りにくい、

このかすかに聞こえてくる歌声に、こころをひかれていました。

もっとはっきりと聞きたいと思いました。

そして、スキッパーもそういっていたのを思いだしました。

「スキッパーが、この歌声にひかれた、というのは、

よくわかりますね。スキッパーはきっと、

この歌声のほうへ、ええ、行ったのでしょうね」

トワイエさんのことばに力をえて、

スミレさんはもういちどいいました。

「ねえ、スキッパーたちをさがすためにも、歌声のほうにいったほうがいいわよ」

ポットさんも、もういちどいいました。

「でも、ロープがないよ」

「姉さん」

まだスミレさんをつかまえているギーコさんが、落ち着いた声でいいました。

「もしも姉さんが、このショールをもういちど編んでもいいっていうなら、歌声のほうへ行くことができるけど、どうする？」

6 スミレさんはもういちどショールを編(あ)む決心(けっしん)をする

スミレさんはショールのすみの、編み終わりのところの毛糸をほどきました。ギーコさんはその毛糸のはしをもらって、手さぐりで、近くの枝にむすびつけました。

「そういうことなら、歌声のほうへ進む役は、うん、ぼくがしましょう」

と、トワイエさんがいって、先頭に立ちました。続いてポットさん、トマトさん、ショールから毛糸をくりだすスミレさん、いちばんうしろがギーコさんです。五人は霧のなかではぐれないように、前のひとのベルトや服をつかんだり、手をつないだりしました。

「じゃあ、行きますよ」

トワイエさんは耳をすまして、歌声が聞こえてくるほうにゆっくりと歩きはじめました。

ギーコさんはスミレさんがほどいた毛糸を、軽くにぎった手のなかに通しています。ところどころで手をのばしては枝をさぐり、みんなに立ち止まってもらって、その毛糸をまきつけました。

立ち止まるたびにトマトさんはあの大声で、スキッパー、ふたごちゃーん、と呼びました。

霧はさっきより濃くなっているようです。そして歌声も、すこしずつ聞きやすくなっているように思えます。

見えるものは、すぐ前を歩くひとのうっすらとした影、目の前にあらわれる木の葉のぼんやりしたかたち、そして白い霧だけです。そんなところをかすかな歌声をたどって歩いていると、まるで夢の世界のようでした。

「ああっ！」

とつぜん先頭のトワイエさんが声をあげました。トワイエさんのベルトをにぎっていたポットさんがトワイエさんにつられてよろめくのを、トマトさんがしっかりひきとめました。すぐに、

「だいじょうぶかい!?」

と、ポットさんの声が聞こえ、

「え、ええ、うう……」

と、トワイエさんの返事とうめき声がかえってきました。

「どうした!?」

いちばんうしろのギーコさんがたずねました。

「トワイエさんが、どこかにすべり落ちて、ぼくにぶらさがっている。で、ぼくはトマトさんにぶらさがっているんだ」

ポットさんがこたえて、トマトさんの声が続きました。

「ひっぱって、いい?」

「ああ、お、おねがい、します……、ててて」

いたそうなトワイエさんの声です。トマトさんは、ポットさんとトワイエさんを、ゆっくりとひっぱりあげました。

「ベルトをにぎっていてよかったな」

と、ポットさんがいいました。

「ほんとにそうです。助かりました。いや、こんなところに、すべり落ちるような坂があるなんて。んん、はっぱがあって、それを通りぬけると、そう、とつぜん、足がすべったんです」

トワイエさんはあらい息をついています。

「いたいのはどこ？　ぶつけたの？　けが？　くじいたの？」

トマトさんの気づかう声に、

「ああ、足を、くじいちゃった、らしいです」

トワイエさんの顔をしかめているような声がもどってきました。

五人はしばらくそこで休むことにしました。静かにしていると、霧が晴れてきました。それといっしょに、音楽も聞こえにくくなったようです。

「崖、かな？」

ギーコさんがつぶやいて、みんなはまわりを見まわしました。そうです。霧が風にうすれると、五人は崖の下にいることがわかりました。

崖はツタの葉にぎっしりとおおわれています。ところが目の前のツタだけがちぎれて、暗い穴があいていました。トワイエさんがすべり落ちかけたところです。

「フユヅタが穴をかくしていたんだな」

ギーコさんがもういちどつぶやき、ポットさんが葉をかきわけました。

「こんなところに穴がなあ……。まっ暗だ。深そうだな……。まさか子どもたちも、ここに落ちたんじゃあるまいな」

穴はトマトさんでも通れるくらいの大きさで、トンネルのようになって下っています。ポットさんは穴のなかをのぞきこみました。手をのばし、あちこちさわってみました。

ギーコさんも同じことをしました。そしてふたりは顔を見あわせました。

「どうなの？　なにかわかった？」

トマトさんがたずねました。

「穴の手前は、ぼくたちのつけた足あとでなにもわからない。穴のなかはつるつるした岩で、足あとはのこっていない」

「でも、トワイエさんは、歌声が聞こえてくるほうに進んで、落ちたんでしょう」

トマトさんにたずねられて、地面に腰をおろしていたトワイエさんはうなずきました。

「そう、そうです。歌声のほうに」

「だったら、子どもたちも、ここに落ちたんじゃないかしら」

五人は顔を見あわせました。

「スキッパー、ふたごちゃーん」

トマトさんが穴にむかって、さけびました。そのすぐあとに、穴から濃い霧が流れだしました。吹いてくる風にのったり、さからったりしながら、むくむくと湧きでてきます。

「こんなところから、霧（きり）が！」

ポットさんとギーコさんの声がそろいました。

「声に、返事（へんじ）をしたみたい、ですね」

いたそうな声でいったのはトワイエさんです。

でてきたのは霧（きり）だけではありません。

しばらく聞こえていなかった歌声が、伴奏（ばんそう）のような音といっしょに、流（なが）れでてきました。

もうまわりはなにも見えません。

「ああ、これだったのね……」

スミレさんがつぶやく声が、霧（きり）のなかで聞こえました。

「子どもたちの返事（へんじ）がない」

これはポットさんの声です。

「返事がないってことは、ここにいないか、
んん……、
ここにいるけど、返事ができないか、ですね」

トワイエさんが

ポットさんの声のほうにいいました。

返事ができない、というところで

トマトさんが息をのみました。

「おりて、しらべてみなければいけないわ」

「こんどこそロープがいるな」

と、ギーコさんがいいました。

「それとランタンもね」

ポットさんがつけくわえました。

ポットさんとギーコさんが、湯わかしの家に、ロープとランタンをとりにもどることになりました。

ショールはふたりが持って行くことにしました。そこで、いったん毛糸を切りました。最初に霧が出たところからむこうで、必要になるかもしれないからです。霧さえなければ、ギーコさんが折った枝の目じるしがやくにたつでしょう。

ふたりが毛糸をたどって行ってしまうと、トマトさんがいいました。

「ねえトワイエさん、わたし思うんだけど、霧が出るのって、いつだって、わたしが大きな声を出したあとじゃない？」

「ああ、そういえば、そうですね。もういちど声を出して、ためしてみれば……」

いいかけてトワイエさんは気づきました。「いやいや、もしもそうだとすれば、もっと霧が出て、ポットさんたちを歩きにくくすることに、んん、なりますからね、ためすのは、やめましょう」

「スミレさんはどう思う？」

トマトさんがたずねたのですが、スミレさんはこたえません。

スミレさんはこの音楽を聞くのに夢中になっているんだな、とトワイエさんはうらやましく思いました。というのは、トワイエさんはさっきころんだときにいためた左の足首が気になって、前のようには音楽に夢中になれないのです。

「ねえ、アップルパイと紅茶があるんだけど」

と、トマトさんの声がしました。

「それは、その、子どもたちのぶんじゃないんですか？」

トワイエさんがたずねかえしました。

「子どもたちは、十人もいないわ」

「十こも持ってきたんですか？」

「不安なときには、なにか食べると落ち着くわよ」

トワイエさんは、もちろん子どもたちのことは不安でした。それに足首のいたみもあります。なにかを食べる気分ではありませんでした。が、食べると気がまぎれるかもしれないと思いました。

「じゃあ、ひとついただきます」

「スミレさんは、どう？」

やはり、スミレさんはこたえません。

ぼくたちがおしゃべりなので歌声のじゃまだから、おこっているのかな、とトワイエさんは思いました。

霧のなかのうっすらとしたトマトさんの影から、紅茶とアップルパイを持った手が、トワイエさんのほうにのびてきました。

だまってアップルパイを食べ、紅茶をのんでいると、やがて霧がうすくなり、歌声も聞きとりにくくなってきました。風にゆれる葉の音ばかりが聞こえます。

「トワイエさん！」

トマトさんのせっぱつまった声に、トワイエさんはびくっとしました。

「スミレさんが、いない……」

トワイエさんも、まわりを見まわしました。スミレさんの姿はありません。

「ど、どこへ、行ったんでしょう」

ふたりは顔を見あわせ、そして同時に崖の穴を見ました。トマトさんは穴にむかってさけびました。

「スミレさーん」

その声の響きが消えるのと同時に、まっしろであたたかな霧が、音楽をつれて穴のなかから湧きだしてきました。

スミレさんは、ポットさんがいっていたように、ふだんは冷静なひとです。冷静すぎるといってもいいかもしれません。けれどそんなひとでも、いつもの自分ではなくなる、ということがあります。この日のスミレさんがそうでした。

〝道をはずれて森の奥にはいっていく、子どもたちの足あと〟

このことばを聞いたときに、スミレさんはいつものスミレさんではなくなりました。なにがあるかもわからないのに、そこへ行かなければならないと思いました。こころの奥でそう感じたのです。

その〝道をはずれて森にはいる場所〟に立ったときにはこころがゆさぶられました。たしかになにかがあると思いました。霧のなかで最初に歌声を聞いて、ここまできてよかった、まちがいではなかった、という想いがこみあげました。そしていま、その歌声が出てくる崖の穴の前にいます。いよいよ、すぐ近くまでやってきたのです。

——あたしを呼んでいたのは、これだった。

スミレさんを呼んでいたものが、このなかにあります。いまここでかすかに聞きとれる歌声、これだけでもこころがゆさぶられます。なつかしくて、しあわせで、涙が出てきそうです。もっとはっきりと聞くことができればどんなにすてきでしょう。

ちょっと穴のなかに頭をつっこんでみたらどうだろう、とスミレさんは思いました。もっとよく聞こえるにちがいありません。

スミレさんは、手さぐりで、そっと穴に近づきました。ツタの葉をかきわけ、頭をつっこみました。やっぱり音楽はさっきよりよく聞こえます。もうすこしのりだしてみよう、と思いました。のりだして、ついた手がつるりとすべりました。

スミレさんは穴のなかを、声もあげずにすべり落ちていきました。

その瞬間、危険のにおい、ということばがスミレさんの頭をよぎりました。あとは、ぎゅっと目をつぶり、ああ、ああ、とこころのなかでさけびつづけていました。

右に左にからだがゆられてむきが変わり、とつぜんの大音響にむかえられ、すべるはやさがおそくなり、やわらかいものにぶつかって止まりました。

　するとやわらかいものが、

「きゃっ！」

「きゃっ！」

「わっ！」

と、声をあげました。

　その声でスミレさんは、自分は子どもたちをさがしてもいたのだ、と思いだしました。ここで初めて目をあけてみました。が、まっ暗です。それよりもまわりはすばらしい音でいっぱいです。とうとうたどりついたのです。さがしていたのはこれでした。この音楽にどっぷりとつかりたい……、という誘惑にさからって、スミレさんは大声でさけびました。

「あなたたち！　スキッパーとふたごたち!?」

7 だれもが夢(ゆめ)みごこちになる？

ツクシは湖の上にいるような気がしました。巻貝の家のいちばん上の窓から、波ひとつない湖面をながめている、そんな感じでした。それがいつのまにか空中にうかんでいました。

——鳥みたい

と、思ったのと同時に、白い翼が両腕にかさなって見えました。腕を動かすと翼も動き、気がつけば風を感じていました。

音楽にあわせて大きくカーブしながら、だんだんと水面に近づいていきます。疾走するヨットから身を乗り出すくらいの高さになると、水面にうつる自分の姿に気がつきました。

ツクシはカモメでした。

——すてき！

はばたいてゆっくりとのぼっていくと、水面にうつる姿が小さくなります。高く高く舞い上がり、こんどはすべる

ように高度をさげ、また舞い上がり……

――イヤッホー！

とか、

――ホホホーイ！

とか、こころのなかでさけびながら、それを何度もくりかえします。

まわりの景色をながめ、湖面にきらめく陽の光に目をほそめ、大きく右にまわっておりていったり、左にまわってのぼっていったり……。

とつぜん水面が、小山のようにもりあがりました。

低く飛んでいたときですからたまりません。はげしく水の壁にぶつかってしまいました。

「きゃっ！」

耳のそばで、だれかが大きな声を出しました。

「あなたは！　ふたごの！　どちらか!?」

「わたしはカモメ……」

「なんていってるの!?　大きな声でこたえてちょうだい！」

それがだれの声か、ツクシにはわかりました。

「スミレさん!?」

「そうよ！　大きな声で！　あなたは！　だあれ!?」

「わたしは！　カモメ！」

こんどはそんな名前にしたのね、とスミレさんは思いました。

ワラビはヨットから水底をのぞきこんでいるような感じでした。音にあわせてゆらゆらと船がゆれ、水にさしこんだ陽の光も、網のもようになって砂の上をゆれています。

気がつくと、自分が水のなかを進んでいました。手で水をかかなくても、からだをすこしくねらせるだけで、すりぬけるように進んでいくのです。

――サカナみたい

と、思ったときにはもう、ワラビはマスでした。

――すてき！

ななめにさしこむ光の柱をぬうように水面までのぼり、
あるいは深みにもぐり、水草にからだをくすぐられ……。

と、湖の底から、とつぜん巨大な泡がふくれあがってきました。よける間もありません。あっというまに、はねとばされていました。

「きゃっ！」

耳のそばで、だれかの大きな声。

「あなたは！　ふたごの！　もうひとり⁉」

「わたし？　マス……」

「大きな声で！」

「スミレさん？」

ワラビは声のあいてがだれだかわかりました。

「大きな声で！　あなたは！　だあれ⁉」

「スミレさん！　わたしマス！」

「なにをわたすの⁉」

「なにをいってるのか！　わかんない！」

あなたのほうこそわからないわ、とスミレさんは思いました。

スキッパーはやさしい炎にかこまれていました。
つぎつぎに形を変えてのぼっていく炎の林の
なか、歩くのでもなく飛ぶのでもなく、
うかんだまま移動したり……、
かと思うと、きゅうに場面が変わって、
大きな暖炉の前にねころがって
火を見ていたり……、
だれかといっしょにいるような
気がしたり……、何人もの親しいひとたちが
ここにいるような気がしたり……。
ところが、とつぜん、まわりによけいな音が

混じってきました。すると、火がだんだん小さくなってきたのです。

スキッパーは空中にうかんでいられなくなってきました。

――落ちたくない……。ああ、落ちる！

と、からだをかたくした瞬間、とつぜんだれかにぶつかられ、

「わっ！」

とさけんで、暗闇に落ちていきました。

気がつくと、スキッパーはまっ暗な洞窟にいました。汗をかいたからだはひんやりとしていて、暗闇をついらくしていくおそろしさに、まだ胸がどきどきしています。

だしぬけに耳のそばで大きな声が聞こえて、もういちどどきっとしました。

「あなた、スキッパーね!?」

「ああ……、はい……」

スキッパーはぼうっとしながら、こたえました。

「もっと大きな声で！」

スミレさんの声だ、と気づきました。

「スミレさん？」

「大きな声で！」

「スミレさん！　助けてくれてありがとう！　ぼく！　うかんでいて！　落ちるところでした！」

スキッパーまでなにをいってるの、とスミレさんは思いました。でも、とにかく子どもたちは無事だったわと、ほっとしました。ほっとして、力がぬけたとき、まわりの空気を満たしている音楽を聞いてしまいました。

・・・ヴァーディボードゥー・・・ピポロン・・・・

ああ……

・・・ヴィーヴァディー・・・ボウン、ゴブゼブ・・・・

あたし、まるで、ラベンダーの咲き乱れているなかを……

・・・ザワジュワザワジュワ・・・・

いやいや、ここに子どもたちがいることを、上にもどって知らせなきゃ……
・・・ディドゥヴィー・・・バウン・・・・ドゥボー・・・
歩いているのじゃない、うかんでいるわ、
だって足ははだしで、ラベンダーの上を……
スミレさんはラベンダーの花が
どこまでも続くなだらかな丘を、
花のすぐ上にうかんで、はだしで
歩いていました。丘の花たちがいっせいに
「スミレさーん」と呼んだようです。
音楽の流れに巻きこまれ、
ひきずりこまれ、スミレさんの
知らせなきゃいけないという気持ちは、
遠ざかっていきました。

まだ霧が晴れないうちに、ポットさんとギーコさんがもどってきました。

「さっき、スミレさーんって呼ばなかったかい？」

ポットさんの声に、トマトさんがこたえました。

「呼んだわよ。たいへんなの」

トマトさんとトワイエさんは、スミレさんがいなくなったことを、ポットさんとギーコさんに話しました。

「そんなことにならなきゃいいがって思っていたんだ」

と、ポットさんがいい、ギーコさんはためいきをつきました。もちろんふたりとも、スミレさんは穴のなかにはいったにちがいないといいました。

ようやく霧がうすれてきて、まわりのようすがぼんやりと見えるようになると、ポットさんとギーコさんは、何本も持ってきたロープのうち二本を、近くの大きな木にくくりつけました。そしてギーコさんがランタンに火をつけ、首からぶらさげました。

「とりあえず、ぼくとギーコさんがおりてみる。そのあとどうするかは、それから考えよう」

ポットさんはそういって、ギーコさんといっしょに、ロープをつかんでうしろむきに穴のなかにおりて行きました。

「気をつけなきゃ、すべるな」

といっているポットさんの声が、穴のそとにいるトワイエさんたちに、響いて聞こえてきます。

「できるだけ姿勢を低くしたほうがいい」

ギーコさんの声です。

「どうしてこんなにすべっこいんだろう」

「洞窟とか、崖とかに、つるつるした感じのところが……」

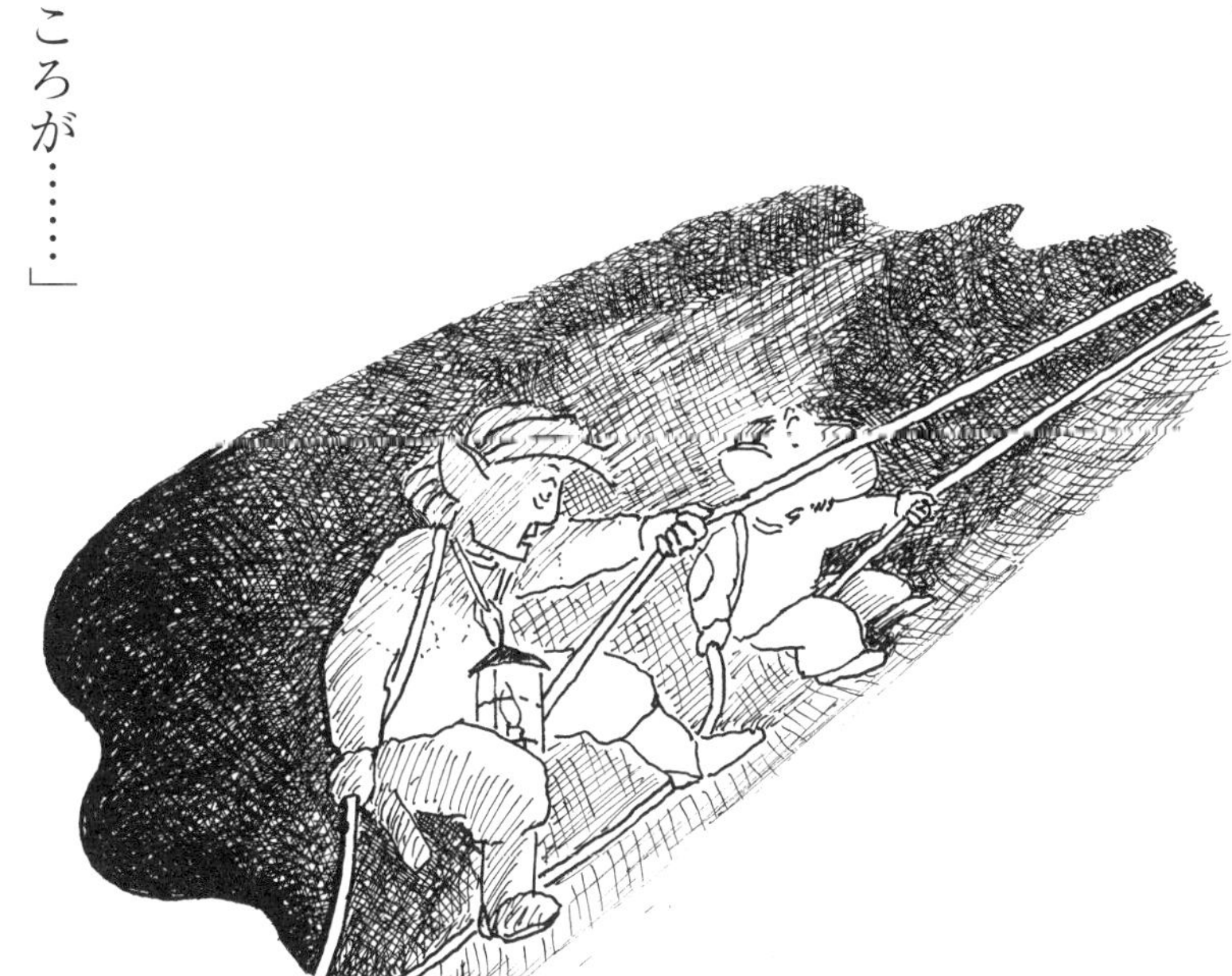

「ああ、あるある。でもこりゃまた貝殻みたいだな……」

ピンとはったロープがふるえ、響く声とあかりが遠ざかっていきました。

声がまったく聞こえなくなり、穴の底が闇になると、トマトさんが心配そうに、トワイエさんを見ました。

「そのあとどうするか、それから考えるって、どういうこと？」

「そう、ですから、もしもロープの長さが、ですね、たりなければ、ささなきゃならないだろうし、穴のなかで、気を失っているとかすれば、どうやってひっぱりあげるか、ええ、考えなきゃならないって、そういうことじゃないですか」

「気を失っているかもしれないの？」

「だって、返事が、ないのですから……」

気を失っているだけならいいけれど、とトワイエさんは思いましたが、いうのはやめておきました。トマトさんはまゆをよせて、ぴんとはった二本のロープを見つめました。

ふたりはすべらないように気をつけて、穴をおりて行きました。

ギーコさんの首にさげられたランタンの光に、穴のなかの奇妙なようすがうかびあがっています。うわぐすりを濃くかけた焼き物のように、岩の表面がつるりとしているのです。

ふたつみっつ大きく曲がると、急に音が大きくなってきました。

「これは、だれが、歌っているんだろう?」

とギーコさんがいうと、ポットさんが小声で注意しました。

「ギーコさん、そんなにぞんざいないいかたを、しないほうがいいんじゃないかい?」

ギーコさんはびっくりしました。ポットさんが小声ですから、ギーコさんも小声で聞き返しました。

「ぞんざいなって……?」

「どなたが、歌っておいでなんだろう、とかいったほうがいいんじゃないかってことだよ」

「そりゃいったい、どういう……」

「ぼくは、こうしておりて行くうちに、だんだんわかってきたんだ。これは、森の……、いってみれば……、カミサマみたいな……」

「カミサマ?」ギーコさんはちょっと音を聞いてからいいました。「ポットさん、カミサマじゃないよ。この声は女のひとだよ。いってみれば……、森の精だな」

「ギーコさん、ばちがあたるよ」

「ポットさんは笑われますよ」

「なにをいってるんだ」

「ポットさんこそ」

小声でいいあいながら穴をくだり、いくつめかの角を曲がると、とつぜんふたりの全身は音楽につつまれました。

・・・ボーディヴァドゥー、バウン、ゴブゼブゴブゼブ・・・

広いところに出たのです。

・・・ザワジュワザワジュワ、ボウン・・・

むこうのほうになにか見えます。

・・・ヴィーヴァディー、ピポロン、バウン・・・

ギーコさんはランタンを首からはずし、かかげました。

・・・ディドゥディー、ボウン・・・

そこには、スミレさんとスキッパーとふたごが、まぶしそうに、そしてふしぎそうにこちらを見て、すわっていました。

「おお……！」

ポットさんは、二、三歩進んでひざまずきました。森のカミサマが、行方不明になっていた四人を救ってくださったのだ、と思ったのです。

ひざまずくと、音楽の波が、これまでにも増して大きなうねりになっておしよせてきました。ポットさんの目には、森のカミサマが、ぼんやりと、巨大な姿をあらわしてきました。なんとそれは、見あげるばかりのトマトさんです。

――ああ、そうだったのか、トマトさんは森のカミサマだったのか……。

おそれおおい、そしてうれしい、それでいてさびしい、ふしぎな気持ちがあふれ、ポットさんはどうすればいいのかわかりません。大きな大きなトマトさんは、やさしくみんなを両腕にだきあげ、ゆっくりと歩きはじめます……。

ランタンをかざしたギーコさんは、四人がすわっているあたりから、なにかがゆらゆらと立ちあがるのを見ました。それはうすくかるい布をまとった女のひとたちです。親しげにほほえみ、歌いながら、ギーコさんのほうにやってきます。

ギーコさんはランタンを下におくと、両手を広げて、みんながやってくるのを……。

8 トワイエさんは左足首がいたい

「おそいわねえ、ポットさんとギーコさん」

トマトさんは、力なく地面にのびた二本のロープを見てためいきをつきました。はじめのうちロープはぴんと張って、ポットさんとギーコさんの動きをつたえていました。けれどしばらくすると、だらんとたれて動かなくなりました。そしてそれからというもの、なんの変化もないのです。

「おそすぎますね、これは」

トワイエさんもまゆをよせ、うなずきました。

トマトさんは二本のロープをつかんで、ちょっとひっぱってみました。ロープはずるっとあがりました。ふたりは顔を見あわせました。

「どういうこと？」

トマトさんはどんどんロープをたぐりました。ロープはどんどん出てきました。そしてとうとう最後のはしまでひっぱりあげてしまいました。

「どういうこと？」

トマトさんは、もういちどいいました。
どういうことか考えていたトワイエさんは、
ぎょっとしました。
「あ、そ、それは、その、それがなくなれば、
ポットさんたちがもどりたくなったときに、
ですね……」
トマトさんは、あ、と口をあけました。
「じゃ、わたし、ふたりをもどれなくしたの？」
トワイエさんはそれにはこたえず、
すこし考えてからいいました。
「それより問題は、ふたりが、んん、
どうなっているのか、
ということじゃないですか」

「ど、どうなっているの？」

それがトワイエさんにわかるわけはありません。けれど、トワイエさんのこころのなかには、不安な想像がうかんでいました。それは、穴のなかに悪い空気があって、みんなが気を失っているのではないか、という想像です。気を失っていないのなら、なにか連絡があってもよさそうなものです。

そんなことを考えているトワイエさんのむずかしい顔を見て、トマトさんは、

「ああ！」

と、両手で顔をおおいました。

トワイエさんが、きっぱりといいました。

「ぼくが、穴にはいって、うん、見てきましょう」

え？と、トマトさんはトワイエさんの顔を見ました。

「でも、トワイエさんは足がいたいでしょう」

「いや、だいじょうぶ……」

立ちあがったトワイエさんは「て！」と声をあげてしまい、あわてていいわけをしました。

「い、いまのは、ゆだんしたんです」

「わたしが行ったほうが……」

トマトさんの提案に、
トワイエさんは首をふりました。

「あの、ですね、考えてもみてください。ぼくが行くにしても、トマトさんが行くにしても、ポットさんやギーコさんのようには、んん、いかないでしょう？　からだにロープをゆわえつけて、もうひとりに、その、ロープをくりだしてもらって、おりて行く、あるいは、ひっぱりあげてもらう、ということになるじゃないですか。するとですね、どちらが、その、相手をささえたり、ひきあげたりしやすいでしょう」

トマトさんは、穴のなかの自分を、トワイエさんがひっぱりあげるのを想像してみました。

「わたしが上だわ」
それで、トワイエさんが穴のなかにおりることになりました。
いま引き上げてしまったロープのはしを、二本ともトワイエさんのからだにゆわえつけました。一本はトワイエさんの体重をささえるロープです。もう一本は合図用です。トマトさんは体重をささえるロープを両手でにぎり、合図用ロープはわきにはさむことにしました。合図はつぎのように決めました。
トワイエさんが一度ひくと〈止めてください〉
トワイエさんが二度ひくと〈おろしてください〉
トマトさんが三度ひくと〈どう？　だいじょうぶ？〉
トワイエさんが三度ひくと〈だいじょうぶです〉
トワイエさんが何度もひくと〈このロープを引き上げてください〉
もしもトマトさんが〈どう？　だいじょうぶ？〉とたずねたとき、返事がなければすぐに引き上げる、ということに決めました。

ふたりは合図を何度も確認しあいました。

穴にはいる前にトワイエさんは、泣きそうな顔をしているトマトさんに、笑顔をつくっていいました。

「もしも不安だったら、その、あれです。紅茶をのんで、アップルパイを食べると、落ち着きますよ」

「ありがとう。そうする」

トマトさんはうなずきました。

トワイエさんは、穴のなかをすべりだいのように、腰をおろしておりて行きました。トマトさんがゆっくりとロープをくりだしてくれるので、どこかにぶつからないか、というこわさはありません。けれど、まっ暗なところをずるずるおろされて行くのです。なにかにおしつぶされそうな、もうもどれないところにいくような気がしました。

それをまぎらわせてくれるように、音楽がだんだん大きくなってきます。

――歌声というより、パイプオルガンの音色のようだ。ててっ。うかしている左足が、ときどきどこかにあたるのです。そのたびに、こわさも音楽もわすれて、いたみに顔をしかめました。

やがて下のほうが明るく見えてきました。それはいいしらせです。ランタンの火が燃えているということは、悪い空気ではないということなのですから。ではなぜ連絡がないのでしょう。べつのことで気を失っているのでしょうか。

ひとつの角を曲がると、わあっと音楽がおしよせてきました。パイプオルガンのうちがわにはいったようです。平らな広いところに出て、ひっぱられていたロープがゆるみ、すべりおりるのが止まりました。

すると、むこうに、ランタンのあかりと、それをかこむように腰をおろしている六人の姿が見えました。

トマトさんはロープをくりだしていました。

不安なら紅茶とアップルパイ、とトワイエさんが親切にいってくれました。トマトさんは、はじめから不安でした。はじめから紅茶とアップルパイが必要でした。でも合図用のロープをわきにはさんで、トワイエさんを下ろすロープを両手でくりだしながら、どうして紅茶やアップルパイに手をのばせるというのでしょう。

けれど、不安でも、しなければならない仕事があるときは気がまぎれます。トマトさんは必死になって、ロープをくりだしていました。

ところが、そのロープが、きゅうに軽くなったのです。

どきどきしながら、合図用のロープを三度ひきました。

〈どう?　だいじょうぶ?〉

すぐにそのロープが三度ひかれました。

〈だいじょうぶです〉

ほっとしました。

おしよせる音の波にくらくらしながら、トワイエさんも、ほっとしていました。ほっとしたはずみに左足をおろし、顔をゆがめましたが、全員無事でよかった、と思いました。

トマトさんからの合図にこたえたあと、六人のほうにむかって、まわりの音に負けないように、せいいっぱいの大声でさけびました。

「おーい！　みんなあ！」

けれどスキッパーがちらりとこちらを見ただけで、ほかの五人はじっとしています。もっと近づかないと聞こえないんだ、と思いました。なにしろまわりは音の海なのです。近づくために立ちあがろうとして「ててて！」と顔をしかめ、もういちどすわりこんでしまいました。

トワイエさんは、左足をうかせ、両手と右足とおしりで進むことにしました。進みかけて、二本のロープがじゃまになることに気づき、ほどきました。

ここまでくれば聞こえるだろうというあたりで、もういちど大声でさけびました。

「おーい！　助けにきましたよう！」

・・・・**ディドゥヴィー、ボウン**・・・・

こんどは全員がトワイエさんを見ました。が、助けにきてくれたひとを見るような顔は、だれもしませんでした。スキッパーやふたごは、とろんとした目でこちらを見ただけです。ポットさんとギーコさんは、やあトワイエさん、という顔でした。スミレさんにいたっては、ひとさしゆびを口の前にたて、静かにしてね、とうなずいてみせました。

トワイエさんは思わず左足を下ろしてしまい、「てて！」と声をあげなければなりませんでした。

・・・・**ボーヴァディー、ザワジュワザワジュワ**・・・・

――みんな、こころをうばわれているんだ。

・・・・**ゴブゼブゴブゼブ、ドゥヴァー**・・・・

まわりの、空気という空気が、音で響きあっています。

・・・・ディヴァヴィー、バウン・・・・

――それにしても、いったいだれが、どうやって……?

まわりを見まわしました。音楽を演奏しているようなひとは、

どこにも見あたりません。しかし音楽は、

たしかにここで生まれているのです。

・・・・ディヴォヴィー、

ピロン、ボウン・・・・

ずいぶん高い天井です。

天井はきれいなドーム型に
なっていて、その頂上のあたりが
明るくなっていることに気づきました。

よく見ると、いくつかの特別明るい点があります。

——星？

と、一瞬思って、いまが昼すぎで、ここが地下だったことを思いだしました。

——外が見えているんじゃないか。

本で見た洞窟の写真を思いだしました。

・・・・ヴァーディドゥー、バウン、ゴブゼブゴブゼブ・・・・

ここがどうなっているのか、もっとしらべなくては、
とトワイエさんは思いました。

顔をしかめながら不自由な姿勢で、六人のあいだをすりぬけて、ランタンのところまで進みました。ざわめきのような、男性合唱のような、ザワジュワ、ゴブゼブという音と、バウン、ボウンという低いリズムが、強く響き、せまってきます。

もうすこしむこうまで、行けるところまで行ってみようと思いました。ランタンをとって、

すこし前に置き、自分が前に進み、ランタンを前に置き、自分が前に進み、じりじりと前進しました。溝がありました。深く落ちこんでいるようです。これ以上は進めません。トワイエさんはいたみをこらえ、右足にからだの重みをかけて、立ちあがりました。そしてバランスをとりながら、ランタンを持ちあげ、まわりに光をなげかけました。

・・・ゴブゼブゴブゼブ、ザワジュワザワジュワ・・・・

「おお!」

そうだったのか、と思いました。足もと、かなり下のほうに、地下の川が流れています。水量も多く、急な流れです。これがざわめきのような、男声合唱のような音をつくっていたのです。

ボウン・・・・!

とつぜんドームに響いた音といっしょに、どうっと川の水かさがふえました。トワイエさんはなにがおこったのかわかりませんでした。水かさはすぐに低くなり、さっきと同じ流れになりました。それがしばらくすると、

バウン・・・・！

という音が響きわたって、ふたたび水かさがどうっと増すのです。

――どういうしくみでそうなるのかはわからないけれど、

トワイエさんは足のいたみをこらえながら、考えました。

――どこかに水のたまるところがあって、そこに水がいっぱいになると、この川にどっと流れだして、からになる。そのときに音をたてるんじゃないか。

では、ポウン、パウンという音は、とまわりを見わたし、これはすぐにわかりました。地下の川をはさんだむこうがわに、大きな水たまりがいくつかあります。そこに天井から水のしずくが落ちては音をたてていたのです。

――それにしても……

と、トワイエさんはつぶやきました。あの歌声の正体はわかりません。が、自然がぐうぜんにつくった音が、あの歌声の伴奏になって、こんなに美しい演奏になるなんて、しんじられないと思いました。

・・・・ヴィディヴァー・・・・ピポロン・・・・ヴィドゥディー・・・・

・・・・ザワジュワ、ボウン、ゴブゼブゴブゼブ・・・・

・・・・ヴァディドゥーボヴァー・・・・

――あの歌声は、いったい、どこで、だれが……

耳をかたむけ、思わず聞き入ってしまいそうになったとき、ずきんと左足首がいたみました。つい夢中になって、左足に体重をかけてしまったのです。

トワイエさんはもういちど腰を下ろし、ランタンといっしょに、左足をつかわないようにして、六人のところにもどりました。

・・・・ヴァディドゥー、バウン・・・・

六人は、だれもがじつにしあわせそうな顔をしていました。かすかにからだをゆらせているひともいます。ポットさんやスミレさんのほおには、涙のあとさえあります。感動のあまり、泣いてしまったようです。トワイエさんは、ひとのこころのなかをこっそり見てしまったような気がしました。

・・・・ディヴィヴァー、ザワジュワザワジュワ、ボウン・・・・

とにかく、子どもたちから引き上げよう、と考えました。スキッパーに声をかけました。

「スキッパー！　スキッパー！」

こちらをむいたスキッパーの口が、ああ、トワイエさん、と動いたように見えました。

「上に！　もどりましょう！」

スキッパーの口は、なにかいっているようです。けれど、大声でいってくれないので、なんといっているのかわかりません。目もしっかりこちらを見ていません。

・・・・ヴィヴァードゥー、バウン、ゴブゼブゴブゼブ・・・・

とてもロープのところまで歩いてくれそうには思えません。トワイエさんは、説得するのはあきらめて、むりやりロープで引き上げることにしました。それには、さっきほどいたロープを、ここまでひっぱってこなければなりません。

トワイエさんは、はあ、と大きな息をつきました。そして広くなっているところの入り口、穴の通路のところまで、のろのろ進みました。

・・・・**ヴァーディドゥー、ザワジュワザワジュワ、ボウン**・・・・

正直なところ、トワイエさんはかなりつかれていました。左足首がいたいだけではありません。なれない場所にとまどい、なれない姿勢で動きまわり、あれこれ考えてきたのです。

・・・・**ピポロン、バウン**・・・・

腕もつかれていますが、左足をずっとあげているのがもう限界です。

ちょっとひとやすみしようと思いました。

・・・・**ボーヴィディー、ボウン**・・・・

左足をそっと床にごろりとせなかも床にのばし、
両手を左右に広げて深呼吸しました。
・・・**ヴァーディードゥー、バウン**・・・・
なんて気持ちがいいのでしょう。
・・・**ディーヴィー、ボウン**・・・・
音楽が、トワイエさんをつつみこみました。
・・・**バウン**・・・・
トワイエさんは、森にも心臓があったんだと思いました。
・・・**ボウン**・・・・
そうか、こそあどの森の心臓って、ここにあったんだ。
・・・**バウン**・・・・
心臓の鼓動のすぐ近くはこんなにあたたかくて……
・・・**ボウン**・・・・

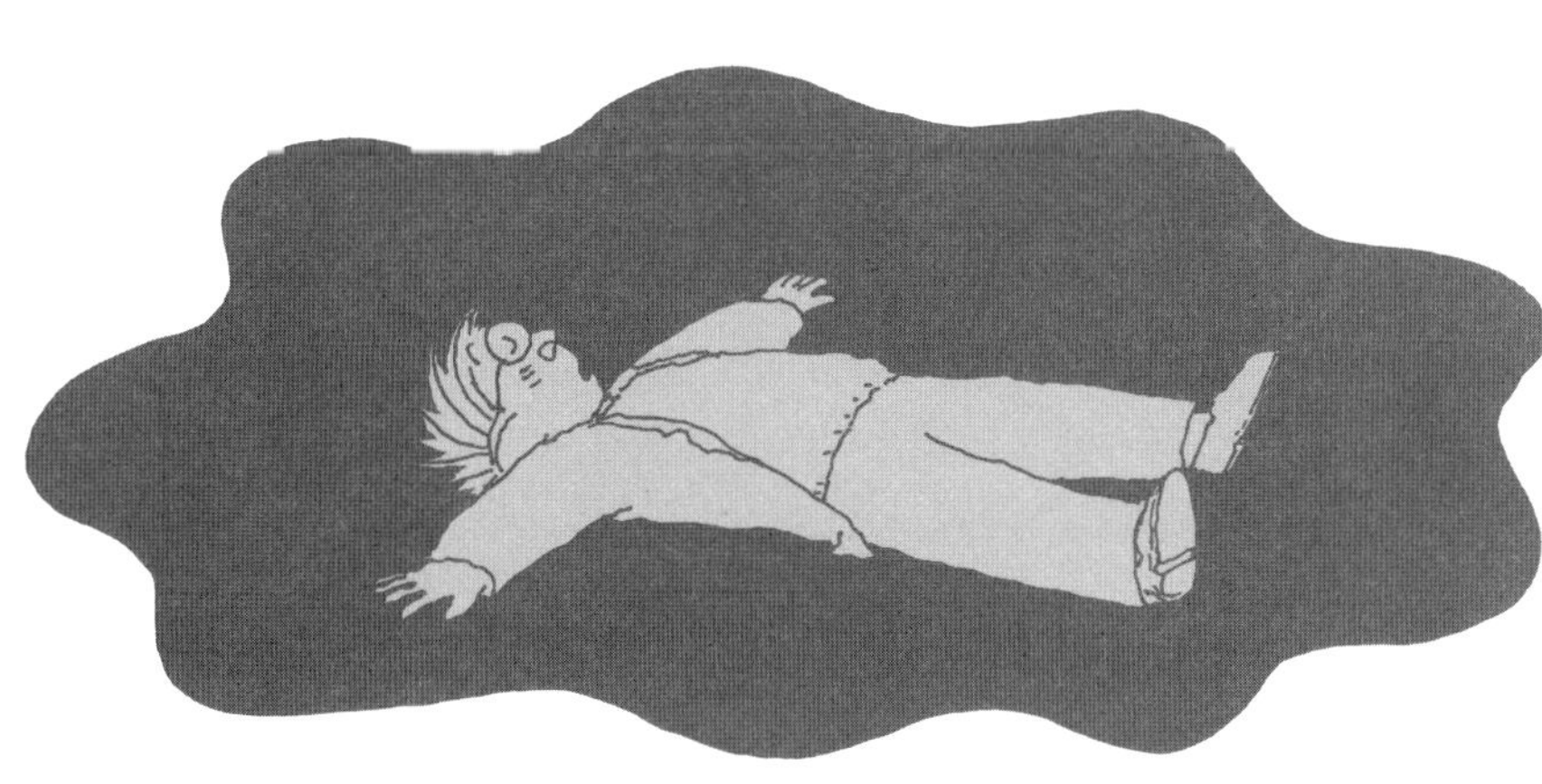

ぼくは小さくなって、おかあさんのからだのなかにいるんだ……

・・・・**バウン**・・・・

おかあさんの歌声が聞(き)こえる……

9　トマトさんはアップルパイと紅茶(こうちゃ)に手をのばす

あれからトマトさんは、アップルパイを二個食べ、紅茶を二杯のみました。〈だいじょうぶです〉と合図があったあと、うんともすんともいってこないので、不安になってきたのです。

あれは、トワイエさんがだいじょうぶ、だったのか、ポットさんとギーコさんもだいじょうぶ、だったのか、スミレさんもはいっているのか、子どもたちまでふくめてのことなのか……、わかりません。

——もうすこしくわしい合図を決めておけばよかった。

そう思っても、もうまにあいません。決めたときには、これだけくわしくしておけばまちがいないと思ったのです。

もうだいぶたちます。

トマトさんは、もういちど「どう？　だいじょうぶ？」の合図を送ろうと思いました。

合図用のロープを三度ひきました。待ちました。返事がありません。

「たいへん！」

だいじょうぶ？の合図に返事がないときはすぐに引き上げる、そう決めてありました。トマトさんは、あわてて二本のロープを引き上げました。ロープは、するするとおしまいまで上がってしまいました。

「たいへん！」

トマトさんは両手で顔をおおいました。つぎにその手をメガホンにして、穴にむかって、さけびました。

「トワイエさーん」

穴のなかから霧が湧きだし、風にゆれながら広がって、あたりを真っ白にしていきました。

霧にかくされていく穴を、力がぬけたように見つめていたトマトさんは、

「ああっ！」

と、声をあげました。下にいるひとたちを引き上げるためのロープがなくなった、ということに気づいたからです。

・・・ボウン・・・・

小さくなったトワイエさんは、鼓動にまもられ、歌声に押し上げられ、

・・・バウン・・・・

おかあさんのからだのなかを、あたたかい空気につつまれてただよっていました。

・・・ボウン・・・・

すうっと高いところに引き上げられ、ゆっくりおろされ、

・・・バウン・・・・

まわりに花びらがうかびあがっては消えていき、星がまたたいて通りすぎ、

・・・ボウン・・・・

「トワイエさーん」と、名前を呼ばれ……。

――とにかく、いま引き上げたロープを下にもどさなきゃ。

と、トマトさんは考えました。

トマトさんが下まで持っていくのはだめです。ひっぱりあげるひとがいなくなります。

――じゃあどうすれば……。

葉をゆする風の音も、霧にのって聞こえてくる歌声も、不安をかきたてます。

不安になれば、そうです、アップルパイと紅茶です。

――なにもかも、あの歌っているひとがいけないのよ。

トマトさんはバスケットのなかに手をのばしました。霧でよく見えなかったので、バスケットのなかのアップルパイではなく、バスケットのとなりにあった石をつかんでしまいました。

――これだって、あの歌っているひとがいけないいんだわ。

こころのなかでつぶやいて、
アップルパイをとりなおしました。
――だって、そのひとが歌わなきゃ、
こんなところに来(こ)なかったんだもの、
わたしだって、アップルパイのかわりに
石なんてつかまなくってもよかったのよ。
　アップルパイを食べていると、
いろいろなことが頭にうかびました。
多くはポットさんのことです。
親切(しんせつ)にしてくれたあのこと、このこと、
そとから帰ってきたときのなにげない
あいさつのしぐさ、目をほそめた笑顔(えがお)……。
――そのひとが歌わなきゃ、

ポットさんだって、こんな穴のなかにおりて行かなかった……。

そう考えたときには涙がうかびました。でも、上にいる自分がしっかりしなければと思い、いまはロープを下ろすことを考えよう、とひとりうなずきました。

――そのひとさえ歌わなきゃ、ロープを下ろすことなんて考えなくてもよかったのに。石なんてつかまなくってもよかったのに……。

と思ったとき、ロープと石が頭のなかでむすびつきました。

トマトさんはさっそくさっきの石に二本のロープのはしをくくりつけました。アップルパイふたつぶんくらいの石です。そしてロープがからまってしまわないように注意して、いきおいよく穴のなかへ投げこみました。うまくいきました。するするっとロープはのびていきました。

・・・・**ボウン**・・・・

なにもかもゆるされて、なにからもまもられて、みちたりて、なのにどこかせつ

なくて、

・・・・バウン・・・・

小さなトワイエさんは、理由のわからない涙を流しながら、あたたかい気流に乗って、

・・・・ボウン・・・・

高く、高く……。

!!

とつぜんなにかがぶつかった感じがあって、続いて、しんじられないいたみが左足首をおそいました。

ロープがのびていくのが止まりました。一呼吸おいて、

「ギャー……オー……アー……」

という声が、穴のなかから響いてきました。

「あ！」

トマトさんは両手で口をおおいました。

――もしかして、石をいきおいよく投げすぎて、トワイエさんにあたったのではないかしら。

そう思うと、さけばずにはいられませんでした。

「トワイエさーん、だいじょうぶー？」

白い霧がどっと湧きでてきました。

なにがおこったのか、トワイエさんにはわかりませんでした。わかっているのは、左足首になにかがはげしくぶつかったこと、そのためにしあわせな夢が終わってしまったこと、そしてもうれつにいたいことです。

さけび声に続いてひとしきりうめき声をあげたあと、目の前に奇妙なものを見つけました。遠くのランタンの光で、二本のロープにむすびつけられた石、に見えました。さわってみると、まさしく二本のロープにむすびつけられた石です。

どうしてこんなものがあるのでしょう。

――ええ!?　これが……!?　ぶつかった……!?

ほかになにもなければ、そのようです。

――これが、上から、すべりおりてきた……?

だれが……?　トマトさんが……?

正直なところ、しあわせな夢が終わったことと足のいたみで、トワイエさんは、そんなことをしたトマトさんをうらめしく思いました。けれどよく考えてみると、夢を終わらせてくれなかったら、ずっとあのままだったのです。トマトさんが救ってくれたのです。

トワイエさんは感謝の気持ちで、でも顔をしかめながら穴の通路を見あげました。

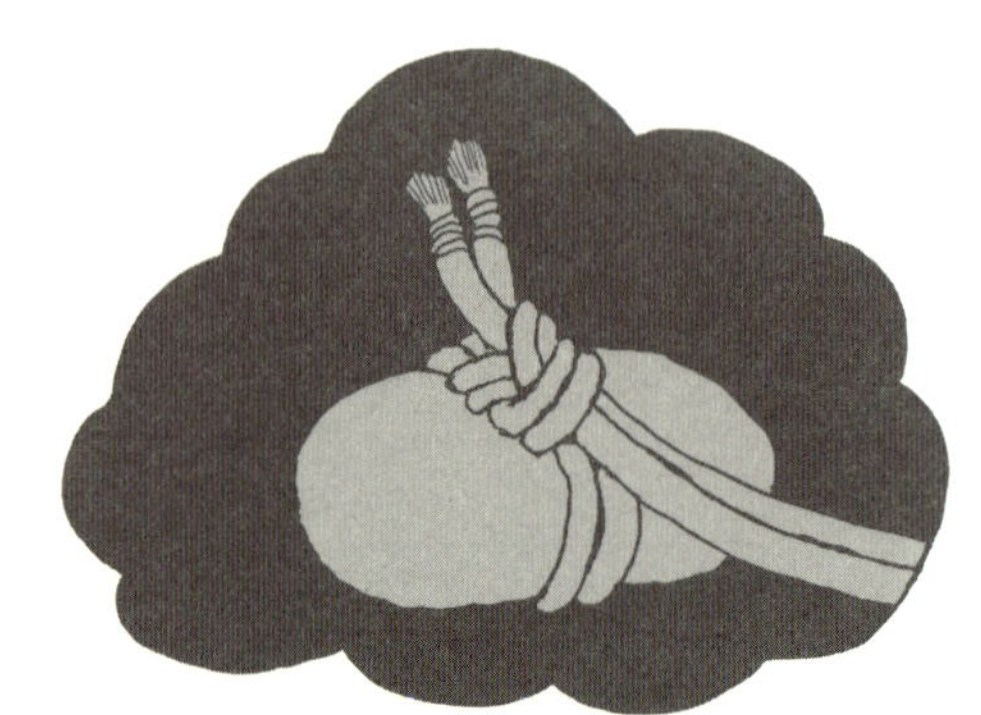

ちょうどそのとき、上のほうからトマトさんの声が、わんわんと響きながら聞こえてきました。

「トワイエさーん、だいじょうぶー？」

するとそのあと、あたたかい空気がすごい風になって、トワイエさんのまわりを吹きぬけ、穴のなかを上がっていきました。

——ああ、これが……

あの霧になるのか、と思いました。

——いやいや、いまはそんなことよりも
頭をぶるっとふりました。

——いま、ぼくがしなければならないことは………。

トワイエさんはさっきよりもっと顔をしかめて考えました。

その結果、まずしたことは、石をゆわえつけた二本のロープにからだをつっこみ、ロープを何度もひくことでした。

二本のロープが何度もひかれました。
トマトさんはひっしになって、
ロープを引き上げました。

　こんどのロープには重みがあります。
ずるずるとトワイエさんが上がってきました。

「トワイエさん！　心配したのよ！」

　そういったあと、トマトさんは息をのみました。

「どうしたの!?　下でわるいことがあったの!?」

「なぜ、そんなことを、いうんです？」

「だってトワイエさん、そんな顔をしているじゃない」

「こんな顔は、あ、あ、足がいたいからです。
だいじょうぶ、みんな無事です」

　トワイエさんは、まずかんたんに下のようすと、これからのだんどりを説明しま

した。それから使わずにおいてあった、あと二本のロープも太い木にむすびつけ、あがってきたときと同じ顔で、もういちど下におろしてもらいました。

一本のロープはトワイエさんにゆわえつけてあります。自分の手ではほどけないように、トマトさんにせなかでむすんでもらいました。あと三本のロープは手に持っています。その三本で、まず子どもたちを引き上げるのです。

ひとりの子にロープをむすびつけ、そのロープを何度もひいて合図を送ります。

するとそのロープをトマトさんが引き上げます。

こうして、つぎつぎに子どもたちは引き上げられていきました。なにしろきのうのお昼からずっと食べていないのです。三人ともひっぱられるままに、するするとあがっていきました。

トマトさんは、三人を引き上げたロープにさっきの石をくくりつけ、下におろします。こんどはあまりいきおいをつけないようにしました。

それから、ぐったりしている子どもたちに、まず砂糖たっぷりの紅茶をいれてあ

げました。それをゆっくりのませたあとで、
アップルパイを、
これもゆっくり食べさせました。

　つかれきっていたのでしょう。

おしゃべりなふたごでさえ、

「まぶしい」

「おなかがすいた」

としか、しゃべりませんでした。

　おとなたちのほうは、
かんたんにはいきませんでした。
いいからほっておいてくれ、と首をふるのです。
トワイエさんはいやがるおとなたちをなだめながら、

だますようにロープをくりつけ、合図を上に送りました。だれもがロープをほどこうとしました。けれども、トワイエさんが何重にも何重にもかたくむすんでおいたので、ほどき終わるまでに地上に出てしまいました。そしていつもの自分にもどりました。

ポットさんだけが、いつもの自分にもどるのに、すこし混乱しました。巨大な森のカミサマになったトマトさんにだかれていたのに、目の前にいつものトマトさんがいたからです。

「トマトさん、小さくなったの？」

と、いってしまいました。

最後のスミレさんがずるずると通路の穴にひっぱられて行くのを見送って、トワイエさんはランタンを手にして、やっとからだの力をぬきました。

はあぁ、と大きなためいきをつきました。

むりもありません、がんばり続けたのです。もうからだも頭もくたくたです。こうしてすわりこむと、いよいよ足のいたみも増してくるようです。

そのとき、まるでスミレさんが出ていくのを待っていたみたいに、あの歌声が弱くなっていきました。そして、ついには消えてしまいました。

「あ、歌声が、消えた……」

スキッパーがいって、みんな耳をすましてみました。

「ほんとう……」

と、トマトさんがつぶやきました。静かです。

「風がふいていない」

ギーコさんは、上空の枝を、まぶしそうに見あげました。

あの歌声が消えると、それぞれの音は、地下を流れる川の音、そこに流れこむ水がつくる音、しずくの響きと、もとの音にしか聞こえなくなりました。

・・・・ボウン、ゴブゼブゴブゼブ・・・・
・・・・ピポロン・・・・ピタン・・・・
・・・・ザワジュワザワジュワ、バウン・・・・
そして、それはそれでいい音だな、とトワイエさんは思いました。

せなかのロープが引かれました。

ランタンを持ったトワイエさんは、ロープに引かれて、ずるずると穴をあがっていきました。

10　それからあとのこと

そのつぎの日、穴の入り口には、柵がつけられました。だれかがすべり落ちないように、ギーコさんとポットさんがつけたのです。トマトさんは、ふさいで穴をなくしてしまったほうがいいといったのですが、もともと風が通っていたところだから、風が通りたいときに通れるようにと、柵にしました。

トワイエさんは足がなおるまで、ギーコさんとスミレさんがすんでいる、ガラスびんのうちにやっかいになることになりました。

ずっと前にトワイエさんはガラスびんのうちに部屋を借りていたことがありましたし、スミレさんが足をなおす薬草のことをよくしっていたからです。

もともと借りていた部屋は二階でしたが、日当たりがよく、そとの景色も見える一階に、ベッドを運びました。

そこに横になって、トワイエさんはすごしました。だれもいないときは本を読んだり、昼寝をしたり、考えごとをしたりしました。その考えごとでいいことを思いついたときにメモできるように、ベッドの脇には手帳と鉛筆をおいておきました。でも、思ったよりメモは進みませんでした。昼寝をよくしたのと、しょっちゅうだれかがお見舞いにやってきたからです。

ポットさんやトマトさんは、食べるものをつくっては持ってきてくれました。

ツクシとワラビは遊び半分のお見舞いでした。そっとやってきてガラスに顔をおしつけていたり、ガラスの外の若い葉を出しはじめたツタの枝に人形をおいていったりして、トワイエさんをびっくりさせました。

スキッパーは、お見舞いにいくというのが苦手でした。なにを話せばいいのかわからなくなるからです。でもトワイエさんが足をいためたのは、スキッパーがひきおこしたことが原因です。しかもトワイエさんが止めてくれたのに、そんなことになったのです。お見舞いに行かないわけにはいきません。そこで、迷いに迷ったすえ、一日おきにお見舞いに行くことに決めました。

　話にこまらないために、なにを話すか決めておくことにしました。

　まずトワイエさんの足のぐあいをたずねる、つぎにその日の話題を出す、最後に、してほしいことはないかたずねる、というだんどりです。してほしいことというのは、トワイエさんの屋根裏部屋から本をとってくるといったことです。話題はたいてい質問でした。

「あの歌声はなんだったんでしょう」

　これが最初の日の質問です。トワイエさんはこう答えました。

「歌声が消えたとき、あのふしぎな風が止まっていたと、うん、ギーコさんが教えてくれましたから、ぼくも風のせいだったと、ええ、思いますね。

　スキッパーも、洞窟の上のほうに、んん、光る点を見たでしょう？

　あれは、外の明るさが、見えていたんです、きっと。ということは、外の空気があの洞窟に流れこむことができた、あの風も吹きこめたんだと、ええ、それで笛のように音が、出たのでしょうね、うん」

そしてまた、こうも話してくれました。

「大地の変化、雨と風、地下の水、そういったものが少しずつ、少しずつ、おそらく何億年もかけて、奇跡的にそういう形をつくりあげ、そこにめずらしい風が吹きこんで、あの音楽が生まれたのでしょう、きっと」

それはスキッパーにも、とても興味深い話でした。

つぎのお見舞いの日には、そのほかの音についてたずねました。地下の川とか、したたる水、どっと流れる川について、トワイエさんは語ってくれました。

「最初の場所のように、歌声がここだけ、あそこだけと、聞こえたのはどうしてでしょう」

と、質問した日もあります。

「そうですね、それは、たしかめるわけにはいかないんですが、ぼくの推理、ということでよければ……」

と、前置きして、トワイエさんは話してくれました。

「あの地下の洞窟には、川が流れているって、いいましたね。流れているってことは、んん、その続きの川が、地下にずっとあると、そういうことでしょう? 地下にトンネルがあって、そこを水と空気、つまりあの音も流れていた。で、そのトンネルのところどころに、うん、地面近くまで広がっている空洞があるとすれば、ですね、そういう場所でスキッパーは、歌声を聞けたのではないか、そう考えたんです」

よくそんなことを考えられたなと、スキッパーは感心してしまいました。

トワイエさんがスキッパーに質問したこともあります。

それはちょうどトマトさんもお見舞いにきているときでした。

「あれからあと、あの歌声が聞こえた場所に、んん、立ってみたことが、ありますか?」

スキッパーがうなずくと、トマトさんは、まだそんなことをしているのという目でスキッパーを見ました。スキッパーは、あの道を通るたびに、その場所で足を止め、耳をすましていたのです。

「で、歌声は……?」

かさねてたずねるトワイエさんに、スキッパーは首をふりました。

「いえ、いちども」

予想どおりのこたえだったようで、トワイエさんはうなずきました。

「やっぱり……。あんな風は、もう吹きませんからね」

ハーブティをいれて運んできたスミレさんが、ぽつりといいました。

「残念だこと……」

トマトさんが大きくまゆを上げ、スミレさんを見ました。

「残念ですって!? あんなもの、聞こえないほうがいいのよ」

「でもね、トマトさん、あれはほんとに美しい音楽よ」

「危険な音楽だわ」

「美しいものは危険なのよ」

「スミレさん……！」
トマトさんがこわい顔で
すわりなおしたところで、
スミレさんはにっこり笑(わら)って
うなずきました。
「わかっているわよ、
みんなに迷惑(めいわく)をかけたってことは。
もどってこれなくなるって
わかっていれば、あたしだって、
かってに行ったりしなかったわ」
そして、あなたもそうでしょ、
という目でスキッパーを見ました。
スキッパーも大きくうなずきました。

順調に春らしい天候になり、スミレさんはショールを編みなおし、トワイエさんの足もだんだんとよくなってきました。

あれからあと、スミレさんは森を歩くたび、音楽につつまれていたときの感じを思いだします。

ラベンダーの丘には多くのひとがいました。みんなはだしで、すこしうかんでいます。なぜだかわかりませんが、スミレさんはしあわせな気持ちでいっぱいになって、ああ、そうだったんだ、生きてるってこういうことだったんだ、と思ったのです。

森を歩くとその感覚が思いだされます。草にも木にもスミレさんにも、根っこや足の裏から大地のいのちがはいってきて、それはみんなつながっている、と思うのです。

ギーコさんのまわりで歌っていた女のひとたちは、木の精でした。このひとがブナの精、こちらのひとはサワグルミの精、そしてカツラ、ナラ、ヤマザクラの精だと、ギーコさんはちゃんとわかりました。木の精たちもギーコさんがきちんと木とつきあっていることをわかってくれていました。木の精たちはやさしく、強く歌ってくれました。

あの日から、木や板を見ると、ギーコさんはそれぞれの声を思いだし、にっこりしました。木のことばが聞こえるような気がするときもあります。

ポットさんは洞窟から助け出されたときに「トマトさん、小さくなったの？」といったことを、何度もトマトさんにからかわれました。てれくさいので、だまっていようと思っていたのですが、あまりからかわれるので、白状しました。

「実はね、トマトさん。あのとき、トマトさんが森のカミサマになったところを見たんだ。カミサマを奥さんにしていたなんて、おそれおおくて、さ。それに、わかったからにはもう、いままでのようにわがままをいいあったり、笑いあったりできないんじゃないかなって、さびしい気持ちになっていたんだ。カミサマのトマトさんは見あげるほどの大きな姿だったからね、だからあんなことをいったんだ」

それを聞いたトマトさんは、
「キスしてちょうだい」
と、いいました。

そして、もうそのことで、からかわなくなりました。

ふたごは島にすんでいるので、しょっちゅう湖を目にします。湖を見ると、あのときに見た景色を思いだしました。

そのたびに、ツクシが水を上から、ワラビが水を下から見た、ということを思いだし、
「へえー」

「へえー」

と、おたがいの顔を見ました。

トワイエさんがおもしろいなと思ったのは、同じ音を聞いているのに、みんながちがう場面を思いうかべていたということです。

で、どうして自分があの音を森の心臓だと思って、おかあさんのからだのなかにいるような気がしたんだろうと考えました。もちろん、おかあさんのからだのなかにいたときのことなんて、おぼえているはずもありませんし、想像したこともありません。

けれど、ずいぶんひさしぶりにトワイエさんは、おかあさんのことをあれこれ思いだしました。そして、おかあさんやおとうさんがいなければ、ぼくはここでこうしてはいなかったんだなあと思いました。

スキッパーは、あれからあと、いくら耳をすましても、あの歌声を聞くことはありませんでした。

けれどあの歌声が、森のなかを歩いていたりすると、ふいによみがえってくることがありました。耳からではなく、からだのなかからうかびあがってくるのです。

そんなときには、あの日見た火を思いだし、ういた感(かん)じを思いだしました。

どうして火を見たのかふしぎでした。思いだせないけれど、どこかで見た火だったのだろうか、それともいつか見るはずの火かな、などと考えました。

トワイエさんは、

「それはきっと、スキッパーのなかで、そう、かくれて燃(も)えている火、なんでしょうね」

と、いってくれました。

自分のなかにかくれているなにかがあるなんて、考えてもみないことでした。

かくれているといえば、あのふしぎな場所のふしぎな音楽も、いつも見なれた森の奥にかくれていたのです。

――すると、今こうしてながめている森だって、木や草や土、岩のうしろに、べつの世界がかくれているかもしれない。

スキッパーには、そう思えてくるのでした。

岡田 淳（おかだ・じゅん）
1947年兵庫県に生まれる。神戸大学教育学部美術科を卒業後、
38年間小学校の図工教師をつとめる。
1979年『ムンジャクンジュは毛虫じゃない』で作家デビュー。
その後、『放課後の時間割』（1981年日本児童文学者協会新人賞）
『雨やどりはすべり台の下で』（1984年産経児童出版文化賞）
『学校ウサギをつかまえろ』（1987年日本児童文学者協会賞）
『扉のむこうの物語』（1988年赤い鳥文学賞）
『星モグラサンジの伝説』（1991年産経児童出版文化賞推薦）
『こそあどの森の物語』（1〜3の3作品で1995年野間児童文芸賞、
1998年国際アンデルセン賞オナーリスト選定）
『願いのかなうまがり角』（2013年産経児童出版文化賞フジテレビ賞）
など数多くの受賞作を生みだしている。
他に『ようこそ、おまけの時間に』『二分間の冒険』『びりっかすの神さま』『選ばなかった冒険』『竜退治の騎士になる方法』『カメレオンのレオン』『魔女のシュークリーム』、絵本『ネコとクラリネットふき』『ヤマダさんの庭』、マンガ集『プロフェッサーPの研究室』『人類やりなおし装置』、エッセイ集『図工準備室の窓から』などがある。

こそあどの森の物語⑩
霧の森となぞの声

NDC913
A5判 22cm 192p
2009年11月 初版
ISBN978-4-652-00673-3

作者 岡田 淳
発行者 鈴木博喜
発行所 株式会社 理論社
〒101-0062 東京都千代田区神田駿河台2-5
電話 営業 03-6264-8890
編集 03-6264-8891
URL https://www.rironsha.com

2024年8月第9刷発行

装幀 はた こうしろう
編集 松田素子

岡田　淳の本

「こそあどの森の物語」

●野間児童文芸賞
●国際アンデルセン賞オナーリスト

～どこにあるかわからない“こそあどの森”は、すてきなひとたちが住むふしぎな森～

①ふしぎな木の実の料理法
スキッパーのもとに届いた固い固い“ポアポア”の実。その料理法は…。

②まよなかの魔女の秘密
あらしのよく朝、スキッパーは森のおくで珍種のフクロウをつかまえました。

③森のなかの海賊船
むかし、こそあどの森に海賊がいた？　かくされた宝の見つけかたは…。

④ユメミザクラの木の下で
スキッパーが森で会った友だちが、あそぶうちにいなくなってしまいました。

⑤ミュージカルスパイス
伝説の草カタカズラ。それをのんだ人はみな陽気に歌いはじめるのです…。

⑥はじまりの樹の神話
ふしぎなキツネに導かれ少女を助けたスキッパー。森に太古の時間がきます…。

⑦だれかののぞむもの
こそあどの人たちに、バーバさんから「フー」についての手紙が届きました。

⑧ぬまばあさんのうた
湖の対岸のなぞの光。確かめに行ったスキッパーとふたごが見つけたものは？

⑨あかりの木の魔法
こそあどの湖に恐竜を探しにやって来た学者のイツカ。相棒はカワウソ…？

⑩霧の森となぞの声
ふしぎな歌声に導かれ森の奥へ。声にひきこまれ穴に落ちたスキッパー…。

⑪水の精とふしぎなカヌー
るすの部屋にだれかいる…？　川を流れて来た小さなカヌーの持ち主は…？

⑫水の森の秘密
森じゅうが水びたしに…原因を調べに行ったスキッパーたちが会ったのは…？

Another Story

こそあどの森のおとなたちが子どもだったころ　●産経児童出版文化賞大賞
ポットさんたちが、子どものころの写真を見せながら語る、とっておきの話。

Other Stories

こそあどの森のないしょの時間
こそあどの森のひみつの場所
森のひとが胸の中に秘めている大切なできごと……それぞれのないしょの物語。

扉のむこうの物語　●赤い鳥文学賞
学校の倉庫から行也が迷いこんだ世界は、空間も時間もねじれていました…。

星モグラ　サンジの伝説　●産経児童出版文化賞推薦
人間のことばをしゃべるモグラが語る、空をとび水にもぐる英雄サンジの物語。